Un moine trop bavard

DU MÊME AUTEUR

R.I.P. Histoires mourantes (nouvelles), Ottawa, Éditions David, 2009, coll. «Voix narratives».

Ainsi parle le Saigneur (polar), Ottawa, Éditions David, 2006, coll. «Voix narratives et oniriques». Finaliste du Prix Trillium 2007.

Le cri du chat (polar), Montréal, Triptyque, 1999.

Le perroquet qui fumait la pipe (nouvelles), Ottawa, Le Nordir, 1998.

Littérature pour la jeunesse

On fait quoi avec le cadavre?, Ottawa, Éditions David, 2009, Coll. «14/18».

Ainsi parle le Saigneur (polar), Ottawa, Éditions David, 2007, Coll. «14/18». Prix des lecteurs 15-18 ans Radio-Canada et Centre Fora 2008.

Ouvrage traduit

In the Claws of the Cat (polar), Toronto, Guernica Editions, 2006. Traduction de *Le cri du chat*.

Claude Forand

Un moine trop bavard

POLAR

David

Catalogage avant publication de Bibliothèque et Archives Canada

Forand, Claude, 1954-
   Un moine trop bavard / Claude Forand.

(14/18)
ISBN 978-2-89597-201-3

   I. Titre. II. Collection : 14/18

PS8561.O6335M65 2011   jC843'.54   C2011-906320-4

Les Éditions David remercient le Conseil des Arts du Canada,
le Secteur franco-ontarien du Conseil des arts de l'Ontario et la
Ville d'Ottawa. En outre, nous reconnaissons l'aide financière du
gouvernement du Canada par l'entremise du Fonds du livre du Canada
pour nos activités d'édition.

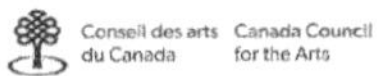

Les Éditions David   Téléphone : 613-830-3336
335-B, rue Cumberland   Télécopieur : 613-830-2819
Ottawa (Ontario) K1N 7J3   info@editionsdavid.com
                                  www.editionsdavid.com

À mon neveu et filleul,
Francis Hébert-Bernier

1

Allongé dans l'obscurité totale sur sa couchette inconfortable, le Frère Adrien répétait mécaniquement sa prière habituelle du bout des lèvres, dans l'espoir de trouver enfin le sommeil :

> *Saint, saint, saint, le Seigneur,*
> *Dieu de l'Univers,*
> *Le ciel et la terre sont remplis de ta gloire,*
> *Hosanna au plus haut des cieux...*

Mais en ce mercredi de juin, le sommeil n'était pas au rendez-vous. À chacun de ses mouvements, la corpulence du moine faisait tanguer sa couchette de fortune comme le bateau du capitaine Jack Sparrow dans *Pirates des Caraïbes*.

En désespoir de cause, cet insomniaque chronique décida alors de fixer intensément le plafond. Son voisin de cellule au monastère bénédictin du Précieux-Sang de Chesterville, le Frère Richard, lui avait déjà avoué qu'après avoir patiemment regardé le plafond pendant près de trois heures dans le noir, il avait réussi à distinguer les contours du visage de la Vierge. Mais le Frère Richard avait presque 80 ans, était affligé de cataractes et réputé menteur de surcroît!

Le Frère Adrien maugréa, arracha sa mince couverture et se leva. Dans quelques heures, vers sept heures du matin, ce serait l'appel pour les laudes, l'office religieux au début du jour. Entre-temps, il avait une faim de loup. Son estomac lui envoyait des couacs couacs désespérés. Le moine avait bien des vertus, mais la frugalité n'était pas de celles-là. Il ouvrit la porte de sa cellule et allongea furtivement le cou dans le couloir.

Personne…

Le Frère Adrien sortit et avança à pas feutrés dans le corridor du dortoir, passant devant les cellules où dormaient les autres moines. Il perçut bientôt le ronronnement familier des machines à laver de la buanderie et attendit que l'employée de nuit ait le dos tourné avant de passer devant la grande vitrine de la salle. Après tout, il savait que Nadia Vigneault, surnommée « la fouineuse » par les moines, n'hésiterait pas à le dénoncer encore une fois au supérieur du monastère si elle découvrait son expédition nocturne vers la cuisine. En traversant le réfectoire des moines, des relents de rôti de porc du souper chatouillèrent les narines du Frère Adrien. Il huma à plein nez.

Ahhh... il eut l'impression que ses papilles gustatives allaient exploser !

La cuisine était longue et étroite. Contrairement à l'ensemble des bâtiments de style rustique qui composaient le monastère, elle était moderne et bien équipée. Les armoires et les comptoirs en acier inoxydable, bien astiqués et étincelants, auraient pu donner l'impression austère d'une salle d'autopsie. Le Frère Adrien connaissait bien les lieux, qu'il visitait régulièrement – la nuit de préférence. Il ouvrit la porte d'un énorme réfrigérateur où le cuisinier avait déjà préparé les repas du lendemain. Le moine affamé s'empara d'un aromatique gigot d'agneau à l'estragon ainsi que d'une gigantesque portion de tarte aux pommes. Il serra son précieux butin à deux mains contre sa poitrine et traversa à nouveau le réfectoire, cette fois-ci en direction de la cave à vin. Une bonne partie des bouteilles étaient de fabrication artisanale, mais une section réservée au supérieur du monastère comportait d'excellents crus italiens.

Le Frère Adrien alluma l'ampoule au plafond, qui éclaira faiblement les lieux. Il prit une bouteille de rouge et lut l'étiquette en plissant les yeux de plaisir.

– Oulala... Barolo Bourgogno Riserva 1997 ! La vérité est dans le vin !

En pâmoison, le moine eut soudain un sentiment de culpabilité devant autant de bonheur et leva les yeux au ciel pour se faire

pardonner ses deux péchés véniels – la gour-
mandise et le menu larcin.

Les bras chargés de victuailles, il sortit de
la cave à vin, quitta furtivement le monastère
par la porte arrière et se dirigea vers la grange
à foin, située tout au fond du domaine. Il trottina aussi vite que ses 132 kilos le lui permet-
taient, foulant l'herbe humide de ses sandales
de cuir étriquées. Seul le bruissement de sa
soutane rompait le silence de la nuit. Il passa
devant l'étable, qui abritait une soixantaine de
vaches de race Holstein produisant le lait, la
crème et le beurre pour la petite communauté
d'une quinzaine de moines du monastère du
Précieux-Sang. Rendu à la grange, le Frère
Adrien entra par une porte de côté et continua d'avancer. Dans la pénombre, il aperçut
tout au fond une échelle qui menait au grenier
à foin. Peu rassuré par sa solidité, il fit son signe de croix, serra ses victuailles d'une main
et de l'autre, agrippa les barreaux de l'échelle
pour grimper prudemment. Arrivé à l'étage, il
s'assit sur le plancher pour déguster enfin sa
collation en paix.

Quelques instants plus tard, le Frère
Adrien crut entendre du bruit.

Il tendit l'oreille.

Rien.

Il reprit son gigot d'agneau et s'en servit
un morceau.

Cette fois-ci, il était certain d'avoir entendu quelque chose, dans la grange sous lui. Il

déposa son casse-croûte et redescendit lentement l'échelle, son couteau de cuisine à la main. Dans l'obscurité de la grange, le moine arpenta prudemment les lieux.

– Qui... qui est là ?

Soudain, ce qu'il aperçut lui fit échapper son couteau.

– Vous ici ! Si la police savait que...

Il n'eut pas le temps de terminer et fut violemment projeté au sol. Le Frère Adrien se débattit, mais son assaillant le frappait avec l'énergie du désespoir. Il sentit les coups de poing à l'estomac, dans le dos, au visage. Sa lèvre inférieure saignait. Le moine parvint à repousser son agresseur et à se relever en titubant. Il haletait comme une bête traquée, à bout de souffle et paralysée par la peur.

Son échappée fut de courte durée. Il tenta de s'enfuir, mais à trois mètres de la porte, son adversaire qui s'était emparé du couteau de cuisine le rattrapa. Il ressentit soudain une lame de métal s'enfoncer dans son dos, ce qui lui arracha un cri strident. Puis un autre coup. L'instant d'après, le Frère Adrien s'écroula sur le sol de la grange jonché de foin.

* *

*

Le regard du sergent détective Roméo Dubuc scrutait intensément le ciel matinal au-dessus de sa tête, dans le stationnement du poste de la Sûreté provinciale de Chesterville. Il cria :

— Si jamais je t'attrape, mon enfant de nananne, tu vas passer un méchant quart d'heure !

Son collègue détective, Lucien Langlois, arriva au travail sur les entrefaites et dévisagea Dubuc avec inquiétude.

— Vous avez laissé filer un suspect ?

— Ouais. Gris et blanc, avec une tête d'oiseau, des ailes d'oiseau, pis des yeux d'oiseau.

— Un goéland argenté ?

— Exact. Et qui vient tout juste de chier sur ma belle chemise bleue ! Regarde !

Lucien jeta un coup d'œil dégoûté.

— Beurk ! Vous devriez retourner à la maison pour…

— Pas le temps. Le maire Bédard m'attend à son bureau à neuf heures comme à tous les mercredis matins. Ça me laisse un quart d'heure.

— Allez vite acheter une autre chemise chez Confections Au masculin. C'est la boutique de Florence Moreau, juste à côté du IGA.

Dubuc traversa la rue et se rendit au commerce indiqué par son collègue. En entrant, il aperçut une grande femme rousse qui déshabillait un mannequin dans la vitrine.

— Y'en a qui sont donc chanceux !

Florence Moreau lui fit un sourire forcé. Dubuc regretta aussitôt son commentaire de mauvais goût.

— Euh, j'aurais besoin d'une chemise. Du même style, si possible.

La propriétaire l'examina de près.

— Le même style, impossible. Votre chemise a disparu du marché depuis au moins cinq ans.

Dubuc prit un air contrit.

— C'est que depuis la mort de ma femme, je ne…

Florence Moreau lui sourit gentiment.

— Je ne voulais pas vous froisser, M. Dubuc. J'ai bien connu Gilberte. On avait préparé ensemble le congrès régional des Fermières, il y a sept ou huit ans. C'était une organisatrice formidable. Attendez-moi ici, je m'occupe de vous trouver une chemise.

Elle revint quelques minutes plus tard avec quatre chemises qu'elle étala devant le policier.

— Jaune moutarde, pas question ! C'est pas mon style, trancha-t-il.

— Très bien. Alors celle-ci, d'un beau rose saumon. Ça vient juste d'arriver.

Dubuc fit un geste suggestif du poignet. Pas question.

— Peut-être celle-là alors. Un mauve riche.

— Pour des funérailles, peut-être.

— Dites donc, vous n'êtes pas facile, vous. Tenez alors, en voilà une chemise bleue, si vous y tenez absolument.

Dubuc la prit et la déplia devant lui.

– Pour être bleu, c'est bleu. Mais c'est quoi, le froufrou noir sur le devant ?

Florence Moreau prit un ton connaisseur.

– Oh, c'est la grande mode cette saison ! Des lignes foncées qui mettent le tissu en valeur. Ça vient directement de Toulouse en France. On appelle ça le style French cancan.

Dubuc lui remit la chemise dans les mains.

– Bah, je ferais mieux de garder ma chemise avec des chiures d'oiseau. J'ai pas le goût de danser le French cancan et le maire Bédard devra attendre. Merci quand même.

Il allait repartir lorsqu'elle lança :

– Même si Gilberte n'est plus là, vous avez quand même le droit d'être à la mode, vous savez. Votre moustache, par exemple…

Dubuc fronça les sourcils.

– Quoi, ma moustache ?

Florence Moreau s'approcha et murmura presque :

– Justement, elle fait plutôt rétro, votre moustache. Avec votre carrure, elle vous durcit le visage encore plus.

Le policier haussa le ton.

– Ça fait 31 ans que je porte la moustache et c'est pas vous qui allez me…

Son cellulaire sonna. C'était Lucien Langlois.

– Un cadavre ? Au monastère du Précieux-Sang ? Je te rejoins tout de suite au bureau et on file là-bas.

Il se tourna vers Florence Moreau d'un air éploré.

— Viiiiite, une chemise neuve! N'importe laquelle, ça urge!

— French cancan?

— Parfait!

* *
*

En route pour le monastère, Lucien renseigna son collègue.

— Le supérieur du monastère du Précieux-Sang nous a rapporté un meurtre la nuit dernière.

Dubuc ne l'écoutait que d'une oreille, préoccupé par le bouton de sa nouvelle chemise qui refusait obstinément de fermer au cou.

— Grrrr... maudite French cancan! Si je me souviens bien, Lulu, les moines exploitent aussi une fabrique de crucifix et vendent surtout leur production aux États-Unis et dans l'Ouest canadien. J'ai déjà lu un article de Manon Pouliot là-dessus dans le *Progrès de Chesterville*.

Le monastère du Précieux-Sang était érigé sur une colline verdoyante et paisible ceinturant Chesterville, à moins d'un kilomètre de cette petite ville de l'Estrie comptant sept mille habitants. Le domaine s'étendait sur une quinzaine d'acres de terrain jusqu'aux abords du Lac des sables. Par temps clair comme ce matin, on pouvait voir de l'autre côté de la frontière américaine, au Vermont.

Les deux enquêteurs garèrent la voiture près du monastère et marchèrent jusqu'à la grille. Dubuc appuya sur le bouton de l'interphone. Un ronronnement se fit entendre au-dessus de leurs têtes.

— Caméra de surveillance électronique sensible au mouvement, nota Dubuc en levant les yeux. Bout de chandelle, on n'a plus les moines qu'on avait !

Une voix nasillarde se fit entendre dans l'interphone.

— Monastère du Précieux-Sang. Qui dois-je annoncer ?

Dubuc toussota avant de prononcer d'une voix officielle :

— Les sergents détectives Roméo Dubuc et Lucien Langlois de la Sûreté du Québec, détachement de Chesterville.

Un déclic leur indiqua que la grille était déverrouillée. Lucien la poussa et ils marchèrent droit devant eux, jusqu'à la porte du monastère où ils aperçurent le portier qui les surveillait à travers la vitrine de son bureau. Le petit homme trottina rapidement à leur rencontre.

— Ah, Messieurs ! Quel drame ! Merci d'être venus si rapidement. Je suis le Frère Cyrille, le portier du monastère. Si vous voulez bien patienter un instant, je vais aller chercher mon supérieur. C'est le ciel qui vous envoie !

– Plutôt la Sûreté du Québec, gloussa
Dubuc, avec un clin d'œil malicieux en direction de Lucien.

Le Frère Cyrille revint l'instant d'après,
accompagné d'un moine dans la soixantaine, qu'il présenta comme étant l'Abbé
Bernard, le supérieur de la congrégation du
Précieux-Sang. Deux autres moines l'accom-
pagnaient discrètement.

L'Abbé Bernard semblait aussi secoué que
le portier. Il serra maladroitement la main
des policiers. Son visage osseux était encadré
d'une longue barbe poivre et sel qui dissimu-
lait mal sa nervosité.

Le supérieur fit signe aux enquêteurs de le
suivre et le petit groupe longea le monastère
vers l'arrière. Ils parvinrent jusqu'à la grange
où un autre moine surveillait les lieux.

Lucien fut le premier à apercevoir la
victime.

Le cadavre du Frère Adrien gisait sur le
dos, sa soutane noire en partie souillée de
sang. Il avait les bras étendus en croix sur le
sol humide de la grange.

Le visage bouffi de la victime frappa d'hor-
reur les personnes présentes dans l'étable : les
yeux exorbités et terrifiés, la langue sortie, le
sang séché accumulé autour de la bouche.

Un crucifix enfoncé dans la gorge…

2

Lucien réprima la grimace qui s'était emparée de lui. Il se tourna vers les autres moines.

— Avez-vous touché au cadavre ou déplacé quoi que ce soit ?

Les religieux se regardèrent et firent signe que non.

Dubuc s'accroupit près de la victime. Il braqua sa lampe de poche sur les mains du Frère Adrien.

— Regarde ses mains, Lulu : ce moine a été frappé, il a des ecchymoses au visage. Par contre, on dirait qu'il n'a pas lutté contre son agresseur. Je ne vois aucune trace de coup sur les mains et rien sous les ongles. On dirait les belles mains potelées d'un bébé qui sort du bain !

— Pourtant, c'était un costaud, le Frère Adrien.

Dubuc se déplaça pour inspecter le dessous des sandales de la victime. Il rapprocha sa lampe de poche.

– Il est mort peu de temps après son arrivée dans la grange. Tu vois ici, il y a du foin sous ses semelles, mais encore de l'herbe derrière.

Le policier déplaça ensuite délicatement le cadavre sur le côté, puis sur le dos.

– Ici, fit-il en pointant avec un stylo : des coups de couteau à la hauteur des dorsales et, ici, un peu en bas des cervicales. À certains endroits, la plaie est plus large. Le pauvre bougre a été poignardé et on l'a ensuite achevé en lui enfonçant un crucifix dans la gorge, fit Dubuc avec une expression de profond dégoût.

– Pour passer un message, vous croyez ? demanda Lucien. Et puis d'abord, qu'est-ce qu'il faisait dans la grange en pleine nuit, le Frère Adrien ?

Dubuc haussa les épaules. Il l'ignorait. Puis, il se redressa et marcha lentement jusqu'au fond de la grange, puis autour du cadavre, avant de relever la tête vers son collègue.

– À première vue, voici ce je pense : le Frère Adrien a probablement été d'abord poignardé ailleurs dans la grange, mais il a réussi à se traîner jusqu'ici. Malheureusement pour lui, on lui a administré un coup fatal. Il était sûrement déjà très faible, sinon mort, quand on lui a enfoncé le crucifix dans la gorge. Autrement, il aurait certainement lutté.

Lucien n'était pas d'accord. Il murmura à l'oreille de son collègue.

— Se traîner jusqu'ici ? Soyons logiques, Roméo ! Vous l'avez vu comme moi : le Frère Adrien est une grosse pointure. Il devait bien peser 300 livres ! S'il a été poignardé ailleurs dans la grange comme vous le dites, difficile de croire qu'il se soit traîné jusqu'ici, gravement blessé. À sa place, je me serais précipité sur l'interphone pour appeler du secours, d'autant plus que, coucou grand-mère !... l'appareil est juste ici sur le mur, à trois mètres du cadavre !

Dubuc, accroupi près de la victime, s'adressa à nouveau à l'Abbé Bernard.

— J'ai vu une petite remise qui m'a l'air habitée, derrière la grange. Qui vit là ?

Les moines se regardèrent. L'Abbé Bernard prit la parole.

— C'est Zacharie, notre garçon de ferme. Il s'occupe du bétail et des travaux de la ferme en général et vit la plupart du temps dans la petite remise derrière la grange. Malheureusement, il a disparu la nuit dernière. Nous le cherchons partout depuis ce matin. Le pauvre garçon doit être dans un état émotionnel terrible. Il est tellement fragile...

— Ce Zacharie est un moine ?

— Non, en réalité, ce garçon est plutôt un simple d'esprit. Il vit parmi nous depuis plusieurs années, mais sans avoir prononcé ses vœux. D'ailleurs, Zacharie ne porte pas l'habit monastique, mais habituellement une salopette de travail et des espadrilles.

Dubuc se redressa.

– Parlant d'espadrilles, j'ai relevé quelques empreintes partielles près de la victime. Pas très nettes, mais définitivement des espadrilles, genre Adidas et probablement de pointure 10 ou 11. Alors, si ce Zacharie vit derrière la grange, il a peut-être entendu du bruit ou été témoin du meurtre la nuit dernière ! À moins, bien sûr, qu'il n'ait effectivement commis le meurtre, avant de prendre la poudre d'escampette. Mais où peut-il être allé ? Le domaine est entouré d'un mur d'enceinte d'une douzaine de pieds. Pas facile à sauter !

– Zacharie est probablement encore ici, répondit l'Abbé. Caché quelque part dans les dépendances du monastère ou les boisés et en état de choc.

– Quels étaient les rapports de ce Zacharie avec la victime ?

L'Abbé hésita quelques instants avant de répondre.

– Pas très bons, j'en ai bien peur. Dieu ait son âme, mais le Frère Adrien avait la mauvaise habitude de se moquer des petits travers des autres, tant physiques que psychologiques, et Zacharie était l'une de ses cibles préférées. Il le ressentait, d'ailleurs.

Dubuc se redressa soudain et laissa le petit groupe derrière lui pour longer la grange jusqu'au fond. Il leva les yeux en direction du grenier à foin et fit signe à Lucien de le rejoindre.

— Grimpe l'échelle, veux-tu Lulu, et dis-moi si tu trouves quelque chose d'intéressant là-haut.

— Vous ne montez pas ?

— Euh, non. J'ai l'estomac un peu sensible…

À l'étage, Lucien trouva la collation nocturne quasi intacte du Frère Adrien : le gigot d'agneau, la tarte aux pommes, ainsi que la bouteille de vin.

— Il était venu faire un pique-nique, on dirait.

— Un pique-nique ? répéta Dubuc, incrédule. Vois-tu sa fourchette ?

— Pas de fourchette.

— Son couteau ?

— Je vois rien.

— Cherche bien. Faut qu'ils soient quelque part. Personne ne mange un gigot d'agneau avec les mains, voyons !

Dubuc retourna près de la victime, suivi de son collègue. Il s'accroupit à nouveau et braqua sa lampe de poche sur le cou joufflu du Frère Adrien pour voir de plus près.

— Tiens, ça m'avait échappé tantôt. Ce gros moine est tellement obèse qu'il nage dans les replis de graisse. Regarde ici :

— Une morsure de corde, fit Lucien. Il aurait été étranglé ?

— Poignardé et ensuite étranglé, corrigea Dubuc. J'aurais dû penser à la strangulation tantôt, en voyant la coloration bleuâtre de sa peau. Le Frère Adrien a probablement d'abord grimpé l'échelle pour aller bouffer sa collation en paix au grenier à foin.

— En pleine nuit ? murmura Lucien.

Dubuc haussa les épaules.

— Il a peut-être surpris quelqu'un et tenté de s'enfuir. Mais étant donné sa corpulence, son agresseur l'a rattrapé et poignardé, avant de l'achever en l'étranglant et en lui enfonçant un crucifix dans la gorge.

Dubuc se tourna à nouveau vers le supérieur du monastère.

— Qui a découvert la victime ?

— Ce sont nos moines, ce matin…

— Oui, mais lequel en particulier ? insista le policier.

— Le Frère Charles, notre bibliothécaire.

Dubuc s'étonna.

— Qu'est-ce qu'un bibliothécaire faisait ici, dans la grange ?

L'Abbé Bernard eut un sourire condescendant.

— Dans une petite communauté monastique comme la nôtre, Sergent, tout le monde doit mettre la main à la pâte. Nos moines s'affairent partout sur le domaine, selon les talents de chacun. Le Frère Charles est venu réparer un circuit électrique.

— Pouvez-vous me l'amener ?

Le supérieur de la communauté hésita.

— C'est qu'il est actuellement en conférence téléphonique avec notre maison-mère et je…

   Un moine trop bavard

Mais Dubuc sentait sa patience rapetisser comme une peau de chagrin. Il haussa le ton.

— Allez me chercher le Frère Charles ! Vous devriez savoir que la première poule qui jacasse est souvent celle qui pond l'œuf !

— Que voulez-vous dire par là ? demanda le supérieur, intrigué.

— Dans une affaire de meurtre, celui qui découvre le cadavre est toujours le premier à être soupçonné.

Le supérieur allait sortir lorsque Dubuc se ravisa.

— D'ailleurs, amenez-moi toute votre communauté ici. Je veux voir tout le monde.

Une demi-heure plus tard, une dizaine de moines et quelques employés laïcs s'étaient regroupés dans la grange. Le policier leur demanda de se placer en rangée, puis il défila lentement devant eux d'un air sévère, comme un général devant ses soldats.

— Vous voulez parler à chacun ? demanda l'Abbé Bernard.

Dubuc hocha la tête.

— Pas besoin. J'ai vu ce que j'avais à voir pour l'instant...

*   *

*

À l'heure du lunch, les deux policiers s'arrêtèrent au centre-ville de Chesterville pour casser la croûte au restaurant.

— Ce sera la salade niçoise, fit Lucien en refermant le menu. Vous devriez l'essayer, Roméo.

Dubuc le regarda en soupirant.

— Pffff… toi pis tes menus granolas, tu vas me faire mourir de faim.

Il se tourna vers la serveuse.

— Un demi-poulet avec des côtes levées et des frites, s'il-vous-plaît Mademoiselle.

Ce fut au tour de Lucien de répliquer.

— Mais c'est pas un repas équilibré, votre affaire ! Vous n'avez aucun légume vert dans votre assiette !

Dubuc rappela la serveuse.

— Ajoutez donc des petits pois verts Del Monte, voulez-vous.

Lucien préféra changer de sujet.

Dubuc résuma :

— Bon, on est mercredi midi. Ce qui veut dire que le rapport d'autopsie va probablement rentrer dans une semaine. Pour la toxico, faudra attendre. On verra bien si le labo a pu relever des empreintes ou faire un test d'ADN.

Lucien était encore secoué par la macabre découverte au monastère.

— Si le Frère Adrien n'était pas un homme de Dieu, je dirais des choses méchantes. Vous l'avez vu comme moi, Roméo, ces gens-là passent leur vie isolés du monde, derrière une barricade d'au moins douze pieds de haut ! Ils n'ont aucun contact avec l'extérieur ou très peu. Comment un meurtre aussi barbare a-t-il

     Un moine trop bavard

pu survenir dans cette petite communauté cloîtrée ? Les moines passent leur journée à prier et à travailler de façon artisanale.

— Je sais bien, bout de chandelle, mais ce sont quand même des êtres humains, non ? rétorqua Dubuc. Des hommes comme les autres, avec leurs jalousies, leurs mesquineries et leurs petites envies.

Pendant qu'il parlait, la journaliste Manon Pouliot de l'hebdomadaire local *Le Progrès de Chesterville* entra et les salua. Elle se joignit à eux et déposa son sac à main sur la banquette.

— J'arrive du monastère du Précieux-Sang, dit-elle. Les chers moines ne veulent pas accorder d'entrevue au journal et n'ont pas l'air pressés non plus de s'expliquer. Avez-vous trouvé quelque chose d'intéressant sur la scène du crime ?

Dubuc semblait réfléchir à voix haute.

— Je ne sais pas comment l'expliquer, Manon, mais la scène du crime m'a paru bizarre…

Intéressée, Manon sortit son carnet et s'apprêtait à prendre des notes.

— Ça veut dire quoi, ça, « bizarre » ?

— C'est juste un *feeling* pour l'instant et j'arrive pas à mettre le doigt dessus. Mais la scène du crime était différente des autres que j'ai vues dans ma carrière d'enquêteur, c'est certain.

Manon tenta de pousser le policier plus loin.

— Mais les scènes du crime sont toujours différentes les unes des autres, aucune ne se ressemble !

La journaliste vit que son argument n'arrivait pas à convaincre le policier.

— C'est autre chose, Manon. Autre chose…

Le policier semblait perdu dans ses rêveries.

Mais Manon insista :

— Vous avez vu le cadavre du Frère Adrien, Sergent Dubuc. Avez-vous des hypothèses ? Des pistes sérieuses pour l'enquête ?

Dubuc tardait à répondre. Il finit par dire :

— Réponds-moi franchement. Crois-tu que je devrais me raser la moustache ?

La journaliste réagit si brusquement qu'elle renversa sa tasse de thé.

— Je vous questionne sur une enquête criminelle en cours et vous me parlez de votre moustache ?

— Excuse-moi… des problèmes personnels ces jours-ci. Je retourne au monastère et je verrai ce que je peux faire pour t'aider. On doit absolument retrouver ce jeune employé de ferme, Zacharie. Est-il le témoin du meurtre ou le meurtrier ?

*　　*
*

Le jeudi matin, Roméo Dubuc se présenta à nouveau à la grille du monastère du

Précieux-Sang. Le Frère Cyrille lui fit un petit signe amical et ouvrit, pour le conduire ensuite chez l'Abbé Bernard.

Le supérieur était assis à son bureau et s'affairait à écrire lorsque le policier entra. Sur le mur de chaux austère derrière lui trônait un énorme crucifix noir ainsi qu'une photo du pape Benoît XVI. La lumière entrait par une grande fenêtre au-dessus d'eux. Mis à part le dénuement des lieux, c'est l'odeur dans la pièce qui attira l'attention de Dubuc. De l'encens avait brûlé ici récemment.

— Que Dieu soit avec toi, mon fils.

L'Abbé Bernard indiqua au policier de s'asseoir.

— J'essaie de reconstituer l'emploi du temps du Frère Adrien durant les jours précédant sa mort, fit Dubuc. Avez-vous noté quelque chose d'anormal ?

— D'anormal ? Comme quoi ? demanda le supérieur, franchement intrigué.

— Je ne sais pas. Était-il plus nerveux qu'à l'habitude ou même effrayé ? Est-il possible qu'il ait socialisé avec quelqu'un d'inhabituel, un visiteur peut-être ?

L'Abbé Bernard se leva et arpenta lentement la pièce devant le policier, les mains dans le dos. L'âge avancé, mais surtout des décennies de prière, avaient contribué à courber son échine.

— Vous savez peut-être, Sergent, que nous sommes des Bénédictins, un vieil ordre monastique issu de la règle de Saint-Benoît vers le 11ᵉ siècle, en France. Nous sommes souvent des prêtres, mais ce n'est pas obligatoire. Nos « recrues », si je puis dire, sont d'abord novices durant quelques années, pendant lesquelles nous vérifions le sérieux de leur engagement religieux et leur fournissons une formation. Le moine qui est reçu chez nous prononce les trois vœux solennels, c'est-à-dire de pauvreté, de chasteté et d'obéissance et…

— J'ai déjà visité le monastère d'Oka ! interrompit Dubuc, désireux de développer de bons rapports avec le supérieur de la communauté. D'ailleurs, ma défunte femme avait un cousin là-bas qui était moine dans les années 60.

— Nous, les Bénédictins, sommes moins traditionalistes qu'à Oka, mais les enseignements de saint Benoît s'appliquent à tous : *Ora et labora*. Prie et travaille, c'est la règle pour tous les moines. En ce sens, nos vies quotidiennes sont très remplies et laissent peu de place à la « socialisation » des moines entre eux, comme vous dites. C'est d'ailleurs saint Benoit qui disait que l'oisiveté est l'ennemie de l'âme. Nos journées s'articulent autour de la prière et du travail manuel. La méditation des Saintes Écritures nous procure la force de l'âme pour être les soldats du Christ, tandis que le travail manuel nous permet de revivre quotidiennement la pauvreté authentique de Jésus. Dans les faits, Sergent, nos moines

　　　　　　　　Un moine trop bavard

travaillent environ cinq heures par jour et prient environ six heures.

— Six heures par jour! siffla Dubuc, incapable de contenir son étonnement.

— En effet. Nous assistons à des offices religieux qui s'étalent de quatre heures du matin à huit heures du soir, entrecoupés de périodes de travail manuel.

Le supérieur se tourna vers le policier et le transperça du regard.

— Mais vous-même, Sergent Dubuc, êtes-vous un chrétien pratiquant dans le Christ?

Dubuc avala de travers avant de répondre.

— En tout cas, je manque jamais la messe de minuit à Noël, c'est certain!

Le moine pinça sévèrement les lèvres. Dubuc sentit qu'il valait mieux revenir à l'enquête en cours.

— Vers quelle heure avez-vous constaté la disparition du Frère Adrien?

— On m'a signalé son absence après les laudes.

— Les quoi?

— C'est l'office religieux matinal célébré vers sept heures du matin, précisa l'Abbé Bernard.

— Comme vous le savez, on a retrouvé la collation du Frère Adrien au deuxième plancher, près du grenier à foin : gigot d'agneau au romarin, tarte aux pommes, vin italien de grand cru, un véritable repas gastronomique quoi! Savez-vous si la victime avait souvent l'habitude d'aller festoyer comme ça en pleine nuit ?

Dubuc remarqua que le supérieur avait serré le poing droit sur son bureau.

— Eh bien, j'ignore où le Frère Adrien allait se retirer durant ses excursions nocturnes pour festoyer, comme vous dites, mais je peux vous avouer qu'il chipait régulièrement de la nourriture dans la cuisine la nuit, sans parler des bonnes bouteilles de vin dans notre réserve. C'était un secret de polichinelle parmi les autres moines. Je l'avais d'ailleurs personnellement réprimandé à quelques reprises par le passé, après que notre buandière Nadia Vigneault l'eut signalé à notre attention.

Devant l'étonnement du policier, l'Abbé Bernard précisa :

— Nadia est une résidente de Chesterville qui travaille ici la nuit. Vous savez, le nettoyage du linge d'une quinzaine de personnes exige une employée à temps plein. Notre buanderie possède six laveuses et quatre sécheuses. Vous semblez étonné, Sergent...

Dubuc haussa les épaules.

— Bof, je ne croyais pas nécessairement que les moines frottaient encore tous les soirs leurs caleçons sur la planche à laver, mais je constate qu'on n'arrête pas le progrès !

Pour la première fois depuis le début de leur rencontre, le supérieur de la communauté sembla soudain s'animer.

– Parlant de progrès, Sergent, vous seriez étonné. Vous avez peut-être remarqué que nous sommes maintenant libres de converser entre nous à peu près partout sur le domaine du monastère et pas seulement dans les parloirs, comme c'était le cas auparavant. Notre maison-mère bénédictine se trouve d'ailleurs à San Diego, en Californie, ce qui explique peut-être cet esprit d'ouverture très nord-américain face à la règle pourtant rigide et quasi millénaire de saint Benoît.

Dubuc voyait bien que l'Abbé Bernard savourait cette discussion, mais il revint au vif du sujet.

– Vous m'avez dit savoir que le Frère Adrien chipait de la nourriture à la cuisine la nuit. Pourtant, vous avez fermé les yeux…

Le supérieur se réfugia derrière son bureau et posa ses mains à plat devant lui. Dubuc nota ses longs doigts osseux et sa peau diaphane.

– Écoutez, Sergent. Comme je vous l'ai dit, j'ai réprimandé le Frère Adrien à quelques reprises par le passé. Mais je suis avant tout un administrateur. Mon travail ici consiste à assurer le bon fonctionnement quotidien de notre petite communauté. Il n'est pas dans mes habitudes de m'impliquer dans des situations particulières. Le problème relevait de la cuisine, alors j'ai cru que Frank allait s'en charger.

– Frank ?

— Frank Gélinas, notre cuisinier. Ce n'est pas un moine, mais il habite dans une roulotte au fond de la propriété. Il s'agit d'un homme très dévoué à notre communauté, je vous l'assure.

Dubuc nota l'information.

— Nous devons absolument retrouver ce Zacharie pour notre enquête. Il est probablement la dernière personne à avoir été dans la grange, la nuit du meurtre du Frère Adrien, et nous devons déterminer s'il est un meurtrier ou un simple témoin.

L'Abbé Bernard lissa de ses doigts sa barbe poivre et sel. Le policier avait remarqué qu'il répétait souvent ce geste avant de parler, comme pour rassembler ses idées.

— Ah, Zacharie, ce pauvre garçon est un être tellement fragile, Sergent. Lorsque vous le retrouverez, promettez-moi de l'interroger avec retenue et circonspection. Ses parents, de bons chrétiens très pratiquants, nous l'ont amené ici alors qu'il n'avait que seize ans. Zacharie est un être chétif et peureux comme un lièvre. Je ne dis pas que la vie monastique l'a changé, mais depuis quelques années, nous lui apportons une certaine stabilité et le réconfort qui lui manquaient auparavant. Nous lui confions surtout de petits travaux de ferme. Il passe ses journées dans la quasi-solitude, ce qui lui convient, tout en pouvant compter sur notre communauté monastique pour le nourrir et le loger. Je ne crois pas qu'il prononcera un jour ses vœux définitifs, mais pour l'instant, cet arrangement semble fonctionner et je...

Quelqu'un frappa et ouvrit brusquement la porte du bureau. Le moine semblait affolé.

– Zacharie vient d'être aperçu derrière l'étable!

3

L'Abbé Bernard et Dubuc se précipitèrent derrière le monastère. Déjà, plusieurs moines s'étaient mis à la poursuite de Zacharie. Le policier les informa de se limiter à repérer le fugitif, à ne pas tenter de l'effrayer ou de l'immobiliser. Il dépêcha deux moines vers l'étable, deux autres vers les bâtiments aratoires, deux autres vers le boisé au fond du domaine et se réserva la grange, en demandant à l'Abbé Bernard de l'accompagner.

Les deux hommes marchèrent rapidement en direction de la remise derrière la grange où logeait Zacharie. Le policier examina rapidement les lieux. Ils virent quelques conserves éparpillées sur le sol, ainsi que des boîtes vides.

— Zacharie est revenu ici après le meurtre. Son petit réfrigérateur est vide et son garde-manger aussi. Il doit sûrement commencer à avoir faim.

L'Abbé Bernard mit ses mains en porte-voix et cria à la ronde :

– Zacharie, où es-tu mon garçon ? Allez, viens nous rejoindre. J'ai quelqu'un ici qui voudrait te parler. C'est un ami. Allez, sois gentil et viens immédiatement !

Le policier s'étonna du ton paternaliste du moine en chef.

– Pourquoi lui parlez-vous comme à un enfant ?

Le supérieur se retourna pour murmurer :

– Sur le plan physique, Zacharie est un homme, mais au niveau mental, c'est un enfant de six ans, Sergent. Je vous ai déjà prévenu : il fuit généralement les gens, sauf quelques-uns à qui il fait confiance. Vous n'avez pas affaire ici à un être humain très socialisé, je vous préviens.

Une fois dans la grange, les deux hommes résolurent de se séparer.

– Inspectez le grenier à foin tout en haut, Sergent. J'ai la cheville droite plutôt faible, alors je dois éviter de monter dans l'échelle.

Dubuc accepta malgré lui. Il aurait voulu dire au moine qu'il avait le vertige simplement à grimper sur un tabouret, probablement en raison de ses médicaments pour le cœur. Sans compter que son obésité n'annonçait rien de bon sur une échelle qui menaçait à tout ins-tant de se rompre.

Pendant que le supérieur arpentait la grange, Dubuc s'affaira maladroitement à grimper l'échelle puis à inspecter le grenier à foin. Devant lui, des dizaines de bottes de foin empilées les unes sur les autres formaient des blocs gigantesques, comme autant d'arbres géants qui lui bloquaient la vue.

– Belle cachette, pensa Dubuc. Il refusa cependant de dégainer son arme, conscient de l'état mental de Zacharie.

Le policier inspecta les lieux pendant une vingtaine de minutes, sans résultat. Il retourna vers l'échelle. Au moment de redescendre, il vit soudain une ombre se glisser furtivement au fond du grenier à foin. Cette fois-ci, il sortit son pistolet 9 mm, fit le tour du grenier et surprit l'individu par derrière.

– Zacharie ? C'est toi ?

– Ou... oui.

Il se retourna. Dubuc l'observa un instant. Le jeune homme d'une vingtaine d'années mesurait près d'un mètre soixante et détournait constamment la tête. Son regard était effarouché, sa bouche convulsée et ses cheveux noirs en broussaille retombaient sur son visage. Il portait un jeans troué et un vieux t-shirt délavé. Le policier nota sa maigreur et sa nervosité excessives. La crainte qui l'envahissait le faisait trembler de tous ses membres.

– Je ne te veux pas de mal, Zacharie, mais je dois te parler...

– Approchez... pas !

Dubuc figea sur place.

– Ok, ok, je comprends... c'est mon arme qui t'effraie. Tiens, je vais la déposer sur le plancher, d'accord. Voiiiilà… c'est correct maintenant ?

Restant à une distance prudente de quelques mètres, Zacharie hocha la tête.

— Dis-moi, mon garçon, tu étais dans la grange quand le Frère Adrien est mort, n'est-ce pas ?

Zacharie fit signe que oui.

— Est-ce que tu as fait du mal au Frère Adrien, Zacharie ?

Le jeune homme leva les yeux au plafond et répéta mécaniquement :

— Non, non…

Dubuc entendit soudain la voix de l'Abbé Bernard dans la grange en bas.

— Sergent Dubuc ! Tout va bien ?

Le policier savait qu'il lui restait peu de temps. Il devait faire vite.

— As-tu vu celui qui a fait du mal au Frère Adrien, Zacharie ?

— Crucifix d… d… dans la bouche du Frère Adrien ! Ahhhh… !

Le jeune homme secoua brusquement la tête, comme s'il refusait cette image imprégnée dans son cerveau.

Dubuc tenta de le rassurer.

— Je sais, mon garçon, c'est terrible. Allons, calme-toi…

Dans la grange en dessous, Dubuc entendait du brouhaha. L'Abbé Bernard n'était pas seul.

Dubuc répéta vite sa question.

   Un moine trop bavard

— Zacharie, réponds-moi. As-tu vu celui qui a fait du mal au Frère Adrien ?

Le garçon tremblait maintenant comme une feuille et serrait les bras contre son propre corps pour se calmer, pour se bercer.

— Oui… oui… oui… oui.

Du bruit dans l'échelle fit sursauter le policier. L'Abbé Bernard et trois autres moines venaient de monter.

— C'est Zacharie ! Attrapez-le !

Au moment où Dubuc se retourna vers le jeune homme, il vit le désespoir dans son regard. Cerné comme un rat par les autres moines, il plongea sans hésiter à quatre mètres de hauteur par la porte ouverte derrière lui, pour atterrir dans un tas de foin dans la cour. Il retomba vite sur ses pieds et courut vers le fond du domaine, pendant que le policier et les moines le regardèrent disparaître à nouveau.

— *Shit de shit !* lança Dubuc.

* *

*

En arrivant au bureau de la Sûreté du Québec vendredi matin, Lucien croisa Dubuc.

— Aie, minute, sortez-vous de chez le coiffeur ? On dirait que vous avez quelque chose de changé et je…

Mais son collègue gesticula en s'éloignant nerveusement.

– Plus tard, Lulu. J'ai une affaire importante à régler, dit-il en sortant du bureau en coup de vent.

Roméo Dubuc avait cumulé plus de 25 années d'expérience, d'abord dans la police municipale de Montréal, puis comme enquêteur de la Sûreté du Québec en Estrie. Il avait fréquenté l'école de police, suivi des cours sur le maniement des armes à feu, les explosifs et le combat au corps à corps. Mais ce qu'il allait faire maintenant, personne ne l'y avait jamais préparé : il allait inviter la propriétaire de la boutique Confections Au masculin, au centre-ville de Chesterville, à souper au restaurant.

Florence Moreau était derrière son comptoir, affairée à lire le *Journal de Montréal* en cette heure encore matinale. Elle inclina la tête et regarda entrer son visiteur par-dessus ses lunettes retenues par une chaîne dorée.

Sans autre forme de cérémonie, Dubuc se dirigea droit vers elle comme un automate et déposa une tasse de café Tim Hortons sur le comptoir.

– Tenez, c'est pour vous. Café moka, un lait, pas de sucre. C'est bien ça ?

Florence Moreau referma son journal et éclata de rire en enlevant ses lunettes. Le soleil matinal filtrait par une fenêtre dans sa chevelure rousse qui prenait des reflets dorés.

– Comment avez-vous deviné que…

Dubuc sentait que sa chemise était trempée de sueur. Son cœur battait à tout rompre dans sa poitrine. Malgré tout, il tentait de feindre une certaine bonhomie.

— Bof, j'avais remarqué votre tasse de café Tim Hortons sur le comptoir l'autre jour. Le restaurant est à deux pas d'ici, alors j'ai pensé que vous étiez une régulière. J'ai demandé votre café habituel et ils me l'ont préparé. Voilà. Pas besoin d'être un grand détective, comme vous voyez.

Elle le remercia.

— Oh, votre moustache ! Vous l'avez rasée !

Dubuc porta la main à sa lèvre supérieure.

— Euh, oui, ce matin justement. Vous disiez l'autre jour que la mort de ma femme n'était pas une raison pour ne pas être à la mode. J'ai beaucoup réfléchi, vous savez. C'était la première fois depuis longtemps que quelqu'un me parlait franchement comme vous l'avez fait.

Florence Moreau eut un instant de remords.

— Oh, mais je ne voulais pas…

— Non, non, insista Dubuc. J'étais mûr pour un changement, mais il fallait que quelqu'un allume la mèche comme on dit. Et c'est vous qui l'avez fait…

Ils restèrent un long instant silencieux, elle à le regarder derrière son comptoir avec sa tasse de café à la main et lui, mal à l'aise comme un mauvais élève, cherchant à disparaître sous le tapis. Dubuc finit par reprendre sa contenance.

– Ah, j'oubliais ! Je suis aussi venu m'acheter un veston sport, dit-il avec entrain. C'est pour une soirée spéciale…

Florence Moreau déposa sa tasse et quitta son comptoir pour s'approcher de lui.

– Une soirée sociale ou professionnelle ? demanda-t-elle avec un sourire en coin.

Dubuc hésita.

– Euh, personnelle…

Elle se dirigea vers un rayon au fond du magasin.

– Venez voir, j'ai reçu lundi une collection de vestons italiens. Le tissu est d'une souplesse incroyable. Vous allez vous sentir comme dans un pyjama là-dedans. Ça vient directement de Milan. Vous prenez du 48 de veston, je crois.

Dubuc écarquilla les yeux.

– Comment savez-vous que…

Elle éclata à nouveau de ce rire généreux qui ébranlait Dubuc à chaque fois.

– J'ai l'habitude…

– Lequel préférez-vous ? demanda-t-il gravement.

Elle hésita un instant, puis fronça les sourcils et tâta en connaisseur l'étoffe de chaque veston.

– Celui-ci. Oui, j'aime bien la texture de celui-ci.

Dubuc s'approcha d'elle. Il pouvait maintenant humer son parfum qui lui chatouillait les narines.

          Un moine trop bavard

— L'aimez-vous assez pour le regarder toute une soirée ? En m'accompagnant au restaurant, par exemple ?

* *

*

En sortant du magasin, Dubuc se rendit au monastère et demanda à voir l'Abbé Bernard. La porte de son bureau austère était ouverte. Il vit le moine debout, le dos tourné à la porte et regardant au loin par la grande fenêtre. En s'approchant, le policier constata qu'il semblait perdu dans ses pensées. Il respecta son silence et attendit que le supérieur de la communauté remarque sa présence. Il semblait à la fois las et triste.

— *Dominus vobiscum*, dit-il en se retournant vers son visiteur. Excusez-moi, Sergent. Je pensais justement aux trois vœux solennels des moines : pauvreté, chasteté et obéissance. Quel drame terrible ce serait pour notre petite communauté bénédictine d'apprendre que ces vœux si chers risquent de ne pas avoir été respectés par ses serviteurs qui se consacrent à l'adoration divine.

Le supérieur retourna à son bureau. Dubuc s'assit devant lui.

— Zacharie reste notre principale « personne d'intérêt » dans cette enquête, pour l'instant. Par contre, j'aimerais avoir la liste de tous ceux qui habitent à l'intérieur du mur d'enceinte entourant le monastère du Précieux-Sang, qu'ils soient moines ou non. J'ai besoin de leur nom, de leur âge ainsi que de leur occupation.

— Tout de suite ? demanda l'Abbé, étonné.

— Oui, ainsi que la vidéocassette de la caméra de surveillance à l'entrée du monastère, la nuit du meurtre.

L'Abbé Bernard dissimula mal l'impatience qui l'envahissait. Il prit sa plume et écrivit une série de noms.

— Je peux vous fournir les noms des résidents du monastère, mais malheureusement pas la cassette de la caméra de surveillance, puisqu'elle est automatiquement effacée et réutilisée chaque matin. Je regrette, Sergent, mais c'est la procédure ici.

— Quel dommage, fit Dubuc.

Quelques instants plus tard, l'Abbé Bernard tendit une feuille au policier, qui lut :

Frère Hubert (47 ans)	Contremaître d'atelier (remplace Frère Adrien)
Frère Richard (78 ans)	Employé de la fabrique de crucifix
Frère Cyrille (49 ans)	Portier du monastère
Frère Charles (62 ans)	Bibliothécaire
Frère Damien (39 ans)	Jardinier
Frère Léonard (46 ans)	Maître des novices
Frère Dominique (49 ans)	Chargé des commissions

Frère Gilles (42 ans)	Employé de la fabrique de crucifix
Frère Bastien (74 ans)	Hôtelier des visiteurs
Frère Émile (71 ans)	Organiste et maître-chantre
Frère Patrice (44 ans)	Économe
Zacharie Beaudoin (20 ans)	Garçon de ferme
Frank Gélinas (56 ans)	Cuisinier
Nadia Vigneault (44 ans)	Préposée à la buanderie

Dubuc toussota, mal à l'aise, puis leva les yeux vers l'Abbé Bernard.

— Je remarque que votre nom n'est pas sur la liste...

Le visage du supérieur de la communauté s'empourpra.

— Je... c'est un oubli, évidemment.

Le policier relut la liste, qui comportait maintenant quinze noms.

— Très bien. Pouvons-nous éliminer certaines personnes de cette liste, ou doit-on conclure que chacun aurait eu le motif et l'occasion d'aller à la grange pour assassiner le Frère Adrien, mercredi dernier durant la nuit ?

— Vous m'avez demandé les noms de ceux qui résident à l'intérieur du mur d'enceinte de notre cher monastère et je vous les ai fournis, Sergent. Mais dans les faits, la réalité est bien différente. Prenez le cas du Frère Patrice, par exemple. C'est notre comptable. Il est cloué à un fauteuil roulant depuis sa jeunesse, à la suite d'un accident de voiture.

— Frère Patrice est donc rayé de la liste, fit Dubuc, en traçant un gros trait noir sur ce nom. Qui d'autre ?

L'Abbé consulta à nouveau la liste.

— Eh bien, Frère Gilles, un employé de la fabrique de crucifix, participe présentement au Congrès eucharistique de Toulouse en France. Il est en voyage depuis deux semaines.

Dubuc biffa aussi son nom de la liste.

— Adios Frère Gilles ! Qui d'autre ?

— Le Frère Léonard, notre chargé de vocations, rentre tout juste d'un séjour à notre monastère principal de San Diego, aux États-Unis. Il se repose présentement dans sa famille à Saint-Jovite, dans les Laurentides.

— Et tourlou Frère Léonard ! Quant à Nadia Vigneault, si votre préposée à la buanderie est ce petit bout de femme énergique que j'ai aperçue l'autre matin dans le corridor, je l'élimine automatiquement de ma liste. Il faudrait une force nettement supérieure à la sienne pour poignarder et étrangler un homme de la corpulence du Frère Adrien. D'ailleurs, elle est sur la liste, mais elle n'habite pas au monastère, j'imagine.

— Vous avez raison. Quant au Frère Richard, qui travaille aussi à l'usine de crucifix, il est âgé de 78 ans et sa santé chancelante se détériore rapidement. Il souffre d'asthme chronique. Le pauvre homme tousse à s'en arracher les poumons depuis plusieurs jours et je lui ai ordonné de voir un médecin. Le jour du meurtre, il a d'ailleurs passé l'après-midi dans une clinique de Chesterville. Je peux confirmer son rendez-vous, si vous voulez.

Dubuc élimina, d'un trait de crayon, le nom du Frère Richard.

— Je constate que deux autres moines, Frère Bastien et Frère Émile, sont eux aussi dans la soixantaine avancée, nota le policier.

L'Abbé Bernard joignit les mains et crut bon de préciser.

— Le cas du Frère Bastien est assez tragique. Avant Zacharie, c'est lui qui s'occupait des travaux de la ferme. Mais il y a quelques années, il a eu la jambe droite écrasée dans un malencontreux accident de tracteur. Frère Bastien se déplace maintenant avec une prothèse artificielle et une canne. Il dirige l'hôtellerie du monastère. Puisque nous n'accueillons que rarement des visiteurs, sa charge de travail est somme toute assez légère. Ce qui est parfait, puisqu'à 74 ans, il n'est plus un jeune coq du printemps, avouons-le.

Dubuc nota l'information.

— L'analyse de la scène du crime semble indiquer que l'agresseur aurait pourchassé sa victime dans le corridor de l'étable. D'après vos informations, est-ce que Frère Bastien…

— Absolument pas ! trancha l'Abbé.

— Je vois que vous avez aussi un jardinier attitré, le Frère Damien.

— Ah oui, le Frère Damien, fit l'Abbé Bernard d'un air absent. Un moine encore relativement jeune, qui s'est joint à notre communauté il y a trois ans à peine.

— Et le Frère Émile ?

— Notre organiste et maître-chantre. Il remplace le Frère Hubert, depuis sa promotion comme contremaître à la fabrique de crucifix. Malheureusement, il souffre de glaucome avancé. Mais à l'entendre toucher l'orgue, on ne le devinerait jamais. Son sens musical est tellement développé qu'il surmonte son handicap. Je suis assuré que le Seigneur lui donne la force requise pour le louanger par la musique !

Dubuc approuva du bout des lèvres, puis relut la liste révisée des moines :

Abbé Bernard (51 ans)	Supérieur de la communauté
Frère Gilles (42 ans)	Employé de la fabrique de crucifix
Frère Richard (78 ans)	Employé de fabrique crucifix
Frère Hubert (47 ans)	Nouveau contremaître d'atelier
Frère Bastien (74 ans)	Hôtelier des visiteurs
Frère Charles (62 ans)	Bibliothécaire
Frère Léonard (46 ans)	Maître des novices
Frère Cyrille (49 ans)	Portier du monastère
Frère Damien (39 ans)	Jardinier

Frère Dominique (49 ans) Chargé des commissions
~~Frère Émile (71 ans)   Organiste et
                              maître-chantre~~
~~Frère Patrice (44 ans)   Économe~~
Zacharie Beaudoin (20 ans) Garçon de ferme
Frank Gélinas (56 ans)   Cuisinier
~~Nadia Vigneault (44 ans) Préposée à la buanderie~~

Le supérieur était penché par-dessus son épaule et ajouta :

— Comme vous le voyez, le Frère Hubert a remplacé le Frère Adrien à l'usine de crucifix. Le Frère Charles est notre bibliothécaire. Le Frère Dominique, notre cellérier, est le moine chargé d'approvisionner le monastère et va faire régulièrement nos emplettes à Chesterville. Évidemment, vous connaissez déjà Zacharie. Quant à Frank Gélinas, c'est le cuisinier.

— Et les autres employés laïcs de la fabrique de crucifix ? demanda Dubuc. L'un d'eux aurait pu s'absenter discrètement, suivre le Frère Adrien à l'étable et l'assassiner mercredi dernier, non ?

— En principe oui. Mais personne ne travaillait à la fabrique depuis deux jours. L'équipe attendait une livraison de bois de Montréal et aucun employé de Chesterville n'était sur les lieux le jour du meurtre.

— Nous en sommes donc à cette liste, fit Dubuc, en pliant délicatement la feuille de papier dans sa poche.

Il se leva pour se diriger vers la porte.

Le supérieur demanda :

— Est-ce que ces huit noms sur cette liste, Sergent, sont des suspects dans votre enquête ?

Dubuc se retourna.

— Sauf votre respect, Abbé Bernard, je dirais qu'il est probable que l'une de ces personnes est prête à mentir à la police comme un arracheur de dents pour sauver sa peau...

4

Dubuc arriva tôt au bureau le lundi matin. Il vit passer Lucien qui, contrairement à son habitude, ne s'arrêta pas pour jaser quelques instants en début de journée. Depuis le temps qu'ils travaillaient ensemble, Dubuc savait que son collègue avait quelque chose à lui reprocher. Il lui lança :

— Lulu, as-tu passé une bonne fin de semaine ?

L'autre hésita quelques instants puis apparut, plutôt taciturne.

— Sors-la ! fit Dubuc.

— Quoi donc ? répondit Lucien sur un ton bourru.

— Ta crotte sur le cœur !

Lucien soupira un instant, puis avoua :

— Je n'arrive pas à croire que vous ayez laissé filer Zacharie dans la grange jeudi passé ! Il était coincé comme un rat ! Et en plus, c'est la dernière personne à avoir vu la victime vivante…

Dubuc fit signe à Lucien de s'asseoir.

— Je sais bien, bout de chandelle, j'y pense sans arrêt depuis deux jours. Mais Zacharie faisait vraiment pitié à voir, mon vieux. Il était habillé comme la chienne à Jacques et avait l'air sous-alimenté, prêt à tomber par terre. Mais quand les moines l'ont encerclé dans un recoin du grenier, il a rassemblé l'énergie du désespoir qui lui restait pour sauter dans un tas de foin presque quinze pieds plus bas et se remettre à courir avant de disparaître! T'aurais dû le voir, mon vieux. On aurait dit un film de James Bond!

Lucien ajouta :

— Ça confirme à quel point Zacharie avait peur d'être capturé. Il n'a pas hésité à risquer de se casser le cou pour échapper à la police.

— À la police ou aux moines? demanda Dubuc.

La journaliste Manon Pouliot arriva sur les entrefaites et les salua. Elle se laissa tomber sur une chaise devant eux. Très consciente de l'intérêt qu'elle suscitait, elle sortit son rouge à lèvres et son petit miroir pour faire quelques retouches rapides.

— Croyez-vous que Zacharie se cache encore sur le domaine du monastère depuis son évasion?

Dubuc avait longuement jonglé avec cette question après la fuite de l'employé de ferme.

— Pas mal certain que oui.

Mais Lucien était sceptique.

— Qu'est-ce qui vous permet de dire ça ? Ce garçon a intérêt à se sauver le plus loin possible du monastère, car tout le monde lui court après.

Dubuc se leva et arpenta le petit bureau pour rassembler ses idées.

— D'abord la faim. La première chose que Zacharie a fait en s'enfuyant a été de vider le garde-manger et le frigo de la petite remise où il habite, derrière la grange. Comme il connaît bien le domaine du monastère et ses dépendances, il va essayer de trouver sa nourriture sur place. C'est l'instinct de survie et la loi du moindre effort qui jouent…

— Quoi d'autre ? demanda Manon.

— Sa blessure à la main.

Lucien sursauta.

— De quoi parlez-vous ?

— Quand j'ai vu Zacharie au fond du grenier à foin, j'ai remarqué un bandage sale à sa main droite. Le genre de blessure qu'il aurait pu s'infliger pendant son travail à la ferme, mais aussi en se servant maladroitement d'un couteau de cuisine comme d'une arme, par exemple. Par contre, je ne suis pas certain qu'un simple d'esprit comme lui soit en mesure de commettre un meurtre, à moins d'avoir été poussé à le faire.

Lucien se leva à son tour.

— C'est très beau en théorie. Mais pour le savoir, il faudrait commencer par le retrouver, ce Zacharie.

Manon feuilleta son carnet de notes :

— De mon côté, j'ai fait ma petite recherche et j'ai appris qu'il s'appelle Zacharie Beaudoin. J'ai téléphoné à ses parents qui habitent sur une ferme à Sainte-Éléonore, à une trentaine de kilomètres d'ici. Ils m'ont raconté que, déjà dans l'enfance, Zacharie montrait des retards de développement. Ils l'ont inscrit à l'école régulière, mais les autres élèves se moquaient de lui et il était constamment victime de mauvais traitements. Ses parents l'ont alors sorti du système scolaire pour lui enseigner à la maison pendant quelques années. Par la suite, Zacharie a fréquenté une école pour déficients légers, mais deux adolescents de sa classe sont morts après avoir sauté en bas du toit de l'école. Ils se prenaient pour Batman ! En désespoir de cause, ses parents très religieux ont amené Zacharie au monastère à l'âge de 16 ans, dans l'espoir que la communauté le prenne en charge et lui fournisse un environnement chrétien où il pourrait s'épanouir.

Dubuc se tourna vers Lucien.

— Va faire un tour à la grange, veux-tu. Je sais que l'équipe technique a déjà passé les lieux au peigne fin, mais il manque une pièce à conviction importante à notre enquête : le couteau de cuisine du Frère Adrien. L'arme du crime doit bien être quelque part.

*　*

*

　　　　　　Un moine trop bavard

Lorsque Roméo Dubuc se présenta à la grille du monastère en début d'après-midi, le Frère Cyrille quitta son poste pour aller à sa rencontre. Le policier lui expliqua le motif de sa visite.

— Le Frère Charles est à l'extérieur aujourd'hui. Il sera de retour seulement demain.

Dubuc sembla déçu.

— Ah bon. Dans ce cas, je vais en profiter pour parler au Frère Hubert. C'est bien lui le nouveau contremaître de l'usine de crucifix depuis la mort du Frère Adrien, n'est-ce pas ?

— En effet. L'usine est là-bas derrière l'étable. Suivez-moi...

Dubuc jeta un coup d'œil au bâtiment très fenestré qui s'offrait à sa vue devant un beau talus de conifères. À l'avant, il aperçut une salle d'environ trente mètres sur vingt, où sept employés s'affairaient à transformer en crucifix des centaines de tiges de bois alignées sur le sol pour les écoles et les églises partout en Amérique du Nord. Le policier se pencha à l'oreille du Frère Cyrille, car le bruit des machines électriques couvrait leurs voix.

— C'est une production artisanale de crucifix, si j'ai bien compris ?

Le portier eut un sourire entendu.

— Pas exactement, Sergent. Avec un personnel très réduit, notre atelier fabrique plus de trente mille crucifix par année, ce qui est loin d'être artisanal. Si vous faites le calcul, cela représente plus de six cents crucifix par semaine.

— Fiou, c’est du monde à la messe…

— Pardon ?

— Euh, rien. Le Frère Adrien dirigeait cette petite équipe, n’est-ce pas ?

— Oui, c’était lui le contremaître. Il supervisait les commandes de bois, de teintures, les livraisons, le contrôle de la qualité et l’expédition des crucifix. Le travail de ces sept employés est devenu assez spécialisé. Trois appartiennent à notre communauté, mais les quatre autres sont des résidents de Chesterville qui rentrent chez eux le soir après le travail.

— Où est le Frère Hubert ?

Le portier fit signe à Dubuc de le suivre. Ils quittèrent l’atelier bruyant pour se rendre dans une autre partie du bâtiment, où un moine était assis dans une pièce étroite. Il s’affairait sur une calculatrice électronique.

— Sergent Dubuc, voici le Frère Hubert, le nouveau contremaître de l’atelier de production.

Le moine se leva et tendit une main moite au policier. Le Frère Hubert était court, bedonnant et ses yeux de hibou, exorbités et très mobiles, donnaient l’impression d’être constamment aux aguets.

Dubuc remarqua les mains roses et potelées du moine, croisées sur son ventre rondelet.

– Je vois que vous n'êtes pas un travailleur manuel, Frère Hubert. Que faisiez-vous avant d'être nommé contremaître ?

– J'ai été sacristain pendant onze ans, mon fils. Je m'occupais des lieux et des objets liturgiques dans la chapelle du monastère. J'étais aussi maître-chantre, c'est-à-dire que je choisissais la musique pour nos offices religieux.

– Avez-vous remarqué quelque chose de différent ou d'anormal dans le comportement de la victime durant les jours qui ont précédé sa mort ?

Le Frère Hubert se concentra un instant.

– Non, pas vraiment. Sinon que le Frère Adrien avait encore engraissé ces dernières semaines, si je puis dire...

– Il était gourmand, c'est ça ?

– Gourmand ? Le mot est faible, rétorqua le moine en gloussant. Le Frère Adrien avait un appétit vorace, je dirais même gargantuesque. Il aurait bouffé à toute heure du jour et de la nuit si on l'avait laissé faire. C'est incroyable ! Encore un peu et il allait se transformer lui-même en jambon humain si...

– Frère Hubert, un peu de charité chrétienne, je vous prie ! s'exclama le Frère Cyrille, qui avait tout entendu. Parler ainsi d'un cher disparu de notre communauté, vous devriez avoir honte ! *De mortuis nihil nisi bene* – on ne doit parler des morts qu'en bien, vous devriez le savoir !

Le moine se renfrogna, mais Dubuc ne put s'empêcher de noter sa satisfaction évidente d'avoir ainsi déblatéré contre son défunt collègue. Le moine portier s'éloigna quelques instants. Dubuc en profita pour interroger davantage le Frère Hubert. Il dit à mi-voix :

— Je devine que vous n'étiez pas très proche du Frère Adrien.

— Ah ça, vous ne pouvez pas savoir, vous !

Le moine contenait difficilement sa nervosité. À plusieurs reprises, il ouvrit la bouche pour parler, mais se mordit la lèvre au dernier instant, par peur des représailles. Dubuc n'était pas pressé. Il sentait qu'il avait harponné une grosse prise et était tout disposé à patienter en attendant que sa proie s'épuise… ce qui exigea moins d'une minute.

— L'an dernier, quand ils ont choisi le contremaître de l'atelier, c'était moi le meilleur candidat. Moi, Sergent, comprenez-vous ! Contrairement au Frère Adrien, j'ai une formation de comptable après tout ! Je connais ça, les chiffres. Mais je sais qu'il avait fait des pressions…

— Quel genre de pressions ?

— Baaah, j'aime autant pas en parler ! Le Frère Adrien était du genre, comment dire, il aimait bien se tenir avec ceux qui détiennent l'autorité.

— Par chez nous, on dirait un « licheux de boss », fit Dubuc en souriant.

— Si vous voulez. Quand le Frère Adrien voulait quelque chose, il travaillait par en arrière pour l'obtenir. C'était sa méthode à lui et ça fonctionnait souvent. Alors, pour m'empêcher d'avoir le poste, il a fait circuler des rumeurs à mon sujet, dont je vous tairai le contenu par charité chrétienne. Évidemment, c'est lui qui a été choisi contremaître. Si vous voulez mon avis, il aurait fait un excellent politicien, le Frère Adrien ! Il avait ça dans le sang. Sans parler qu'il bavardait comme une pie. C'était vraiment un moine trop bavard...

— Mais aujourd'hui, sa mort vous permet d'obtenir le poste qui vous intéressait, au lieu de rester enfermé dans votre petite chapelle à préparer les messes et à choisir la musique, comme vous l'avez fait pendant onze ans.

L'observation du policier piqua le Frère Hubert à vif, comme prévu.

— Écoutez, je dis seulement que le Frère Adrien et moi, nous n'étions pas comme les deux doigts de la main, c'est tout ! Si vous cherchez des suspects pour votre enquête, allez plutôt interroger Denis Rochon. C'est un ancien employé qui a travaillé deux ans à l'usine de crucifix, avant d'avoir des problèmes sérieux ici.

— Quel genre de problèmes ? demanda Dubuc.

Le moine trapu se hissa sur la pointe de ses sandales et regarda par dessus l'épaule du policier, pour s'assurer que le Frère Cyrille n'était pas à distance d'écoute. Ses grands yeux firent le tour de la salle. Rassuré, il se pencha vers Dubuc pour murmurer, la bouche en cul-de-poule.

— Eh bien, d'après ce que m'ont raconté d'autres employés, il paraît que Denis Rochon était souvent en boisson. Quand c'était le cas, il devenait violent. Il est venu travailler à quelques reprises en état d'ébriété. Le Frère Adrien l'avait prévenu d'être sobre au travail, sinon c'était la porte. Mais deux jours avant le meurtre, Rochon est arrivé à l'usine de crucifix saoul comme une botte, jurant comme un charretier et cherchant la bagarre. Alors le Frère Adrien s'en est mêlé et l'a carrément foutu à la porte !

— Rochon aurait donc voulu se venger ? demanda Dubuc.

— Je l'ignore. Mais il a menacé de mort le Frère Adrien devant quelques employés. Malheureusement, Sergent Dubuc, ma condition religieuse m'interdit de vous rapporter exactement ses propos...

Encore une fois, Dubuc constata l'expression de plénitude béate qui semblait flotter sur le visage du Frère Hubert dès qu'il déblatérait contre ses semblables. Celui-là est à garder à l'œil, se dit-il intérieurement.

*　*

*

　　　　　　　　Un moine trop bavard

Après la sexte, l'office du début d'après-midi, l'Abbé Bernard convoqua à son bureau le Frère Charles, le bibliothécaire du monastère du Précieux-Sang qui était aussi son confident depuis de nombreuses années.

— Que cette enquête de meurtre est embêtante ! se plaignit le supérieur, en prenant place sous le grand crucifix de son bureau. Nous recevons des appels de plusieurs journalistes de la région et la police provinciale vient nous visiter régulièrement. Ces gens-là dépassent les bornes !

Le Frère Charles inclina la tête. Le bibliothécaire était grand et mince. Il avait consacré sa vie à la lecture approfondie des grands classiques grecs et latins et vouait un respect évident à son Abbé, qui appréciait en retour son jugement sûr et éclairé.

— Évidemment, un meurtre fait toujours courir, autant les journalistes que la police, raisonna-t-il. C'est le propre de la nature humaine. Ceux qui parlent ne savent pas et ceux qui savent ne parlent pas.

L'Abbé Bernard gesticulait nerveusement.

— Ce n'est pourtant pas la première fois que le Frère Adrien nous cause des ennuis avec ses escapades nocturnes. Vous le savez comme moi. Mais cette fois-ci, personne n'aurait pu prévoir que les choses tourneraient de cette façon !

— Vous avez raison, dit le Frère Charles. Mais Zacharie m'inquiète. Ce garçon est tellement imprévisible. Nous aurions dû le retourner à ses parents dès que…

— Il est trop tard, maintenant, vous le savez bien ! fit sèchement l'Abbé Bernard. Cela ne ferait qu'envenimer la situation et nous rendre suspects aux yeux de la police. Pour l'instant, il vaut mieux limiter les dégâts. Pensez-vous pouvoir le retrouver ?

Le Frère Charles soupira.

— Puisque nous avons aperçu Zacharie dans la grange le lendemain du meurtre du Frère Adrien, j'ai l'impression qu'il ne quittera pas le domaine du monastère à moins d'y être forcé. C'est un garçon chétif et peureux, pas du tout socialisé, ne l'oubliez pas.

— Que suggérez-vous alors ? demanda l'Abbé, avec un intérêt avoué.

— À mon avis, tant que Zacharie trouvera ici la nourriture nécessaire pour assurer sa survie, il restera caché sur le domaine, ce qui nous donne du temps pour le retrouver. N'oubliez pas qu'il n'est plus vraiment en contact avec ses parents. Avec le temps, nous sommes devenus sa seule famille…

L'Abbé approuva.

— Alors, nous allons relâcher la sécurité aux cuisines du monastère. Dites à Frank de ne pas verrouiller la cuisine du réfectoire le soir et de vous signaler les vols de nourriture chaque matin.

— Chose certaine, Zacharie ne doit pas parler à la police, ajouta le Frère Charles.

– Bien d'accord. Malheureusement, ce sergent détective Dubuc est plutôt tenace. Il ne s'est pas laissé intimider par ma réticence.

– Tout cela est imprudent, fit le Frère Charles. Très imprudent...

5

Mercredi matin, Dubuc informa Lucien qu'il retournait au monastère pour interroger le Frère Charles, le moine qui avait signalé la découverte du cadavre.

Dubuc gara sa voiture à une dizaine de mètres de la grille et s'approcha. Il salua au passage le portier qui l'avait reconnu et longea le monastère. À sa dernière visite, il avait remarqué un petit bâtiment discret en briques rouges derrière l'édifice principal du monastère : la bibliothèque des moines. C'est aussi là qu'il comptait trouver le Frère Charles, le bibliothécaire et confident de l'Abbé, qui figurait aussi parmi les « personnes d'intérêt » pour l'enquête en cours. Dubuc poussa la porte qui donnait sur la cour intérieure du monastère et entra.

La bibliothèque des moines, sombre et déserte, mais de bonnes dimensions, respirait le calme et le travail intellectuel. Les murs de la pièce étaient garnis de rayons de livres en bois sombre qui s'alignaient du plancher au plafond. Il y avait là, constata Dubuc, des milliers d'ouvrages et une érudition étalée sur plusieurs siècles. Devant lui, une série de longues tables en chêne et des fauteuils en cuir acajou invitaient à la lecture.

Dubuc tâta le rembourrage confortable d'un fauteuil. Tout près, il remarqua dans une vitrine murale quelques ouvrages en apparence fort anciens.

Tout au fond, un escalier ouvert des deux côtés grimpait en cercle jusqu'à l'étage. Un portrait à l'huile de l'Abbé Bernard était suspendu au mur principal. Dubuc entendit du bruit derrière lui et vit un moine qui l'observait déjà depuis quelques instants.

— Ah, bonjour ! Je cherche le Frère Charles.

L'homme, grand et d'allure distinguée, se contenta d'incliner la tête.

— Que Dieu vous bénisse, mon fils. À vrai dire, je m'attendais à votre visite. Assoyez-vous, je vous en prie.

Ils prirent place à l'une des longues tables en chêne, près d'une haute fenêtre où la lumière du jour tranchait avec l'obscurité des lieux.

— J'imagine que c'est pas l'endroit pour lire le dernier *Échos Vedettes* ! lança à la blague Dubuc, pour rompre maladroitement l'ambiance tendue qui s'était installée. De quoi parlent ces milliers de livres, Frère Charles ?

Le moine joignit les mains et baissa la tête pour réfléchir.

— Eh bien, ce sont surtout des ouvrages d'érudition sur la méditation, la philosophie religieuse et les études bibliques. Plusieurs portent aussi sur la biographie de saints et de personnages reconnus pour leur grande spiritualité, comme saint Thomas d'Aquin, Gandhi, Mère Teresa et d'autres.

Le policier remarqua que le Frère Charles avait une excellente maîtrise de lui-même. On aurait dit que chaque parole qu'il prononçait, chaque geste qu'il faisait étaient programmés par ordinateur. Ce moine-là n'est pas un impulsif, nota Dubuc.

Le policier fut pris soudain d'une quinte de toux et leva les yeux vers le moine.

— Donnez... donnez-moi... un verre d'eau...

Le moine s'exécuta et revint quelques instants plus tard, en déposant sur la table en chêne un verre d'eau, sous lequel il glissa un sous-verre.

Dubuc prit quelques gorgées. Son teint rougeaud redevint normal.

— Vous avez dit que vous attendiez ma visite ? dit le policier, en poursuivant l'entrevue.

Visiblement contrarié, le Frère Charles ne prêta pas attention à la question. Il se leva pour remettre en place le sous-verre que Dubuc avait ignoré.

— Vous disiez ?

— Ma visite... répéta Dubuc.

— Oui, en effet, vous devez parler à la plupart des moines qui figurent sur votre liste et c'est mon cas, n'est-ce pas ?

— Évidemment. Quand vous avez découvert le cadavre du Frère Adrien à la grange, avez-vous remarqué quelque chose d'anormal ?

Le Frère Charles roula les yeux au ciel devant une telle question.

— Sergent Dubuc, l'image horrifiante du cadavre du Frère Adrien restera gravée dans la mémoire de nos moines à tout jamais !

— Mis à part le cadavre, est-ce que quelque chose semblait déplacé, manquant, des trucs du genre ?

Le bibliothécaire haussa les épaules.

— Notre cher Abbé m'avait envoyé à la grange tôt le matin pour effectuer une réparation au système électrique. Mais je ne suis pas un habitué des lieux, si c'est ce que vous voulez savoir...

— Avez-vous rencontré ou parlé au Frère Adrien la veille de son décès ?

— Non. Le Frère Adrien était contremaître de l'usine de crucifix et moi, bibliothécaire. En ce sens, nos intérêts professionnels étaient très divergents. Pour ce qui est du reste, nous appartenions évidemment tous deux à la grande famille bénédictine qui est vouée à servir et à louer le Seigneur.

Le langage très sibyllin du moine commençait à taper sur les rognons du policier. Il décida de pousser un peu son interlocuteur...

— Je vois. Est-ce que le Frère Adrien fréquentait la bibliothèque à l'occasion ?

— À l'occasion, oui. Il n'était certainement pas le plus intellectuel de nos moines, mais il lui arrivait de venir consulter certains ouvrages à la bibliothèque.

— Lesquels ?

Le Frère Charles se gratta l'occiput et pinça les lèvres. Le policier devina que cette visite impromptue commençait à l'ennuyer au plus haut point.

— Sergent, avec tout le respect que je vous dois, sachez que nous ne sommes pas une bibliothèque publique. Ici, personne ne tient de registres sur les entrées et les sorties de livres. Nous sommes des hommes de Dieu et la confiance mutuelle constitue un élément tout naturel de nos relations interpersonnelles. En ce sens, je dirais que les moines nous rapportent 99 % des livres qu'ils empruntent.

Dubuc hocha la tête, mais revint brusquement à la charge en haussant le ton.

— Mais vous deviez quand même bien savoir à quoi s'intéressait le Frère Adrien, bout de chandelle !

Le bibliothécaire sursauta devant autant de détermination.

— Évidemment. Il lisait à l'occasion des ouvrages sur la botanique et nos encyclopédies sur la santé, également.

— Pourquoi la santé ?

— Le Frère Adrien était un peu notre moine-infirmier ici. En fait, il avait été médecin avant d'entendre l'appel de la vie monastique. Je croyais que vous le saviez…

Pour toute réponse, le policier sortit son carnet et nota l'information.

— Où étiez-vous la nuit du meurtre, Frère Charles ? demanda soudain Dubuc, en tentant de pousser davantage le moine.

L'autre fit simplement la moue.

— À ma cellule ou aux offices religieux, comme à toutes les nuits.

— Quelqu'un pourrait en témoigner ?

— Très probablement, puisque la plupart des moines suivent la même routine.

Dubuc se leva et se dirigea vers la porte de la bibliothèque. Il s'arrêta net et se retourna vers le Frère Charles.

— D'après vous, combien de temps faut-il pour marcher d'un pas normal du dortoir des moines jusqu'à la grange où a eu lieu le meurtre ?

Le moine haussa les sourcils, étonné de la question.

— Je dirais environ huit minutes.

— Six minutes et vingt-deux secondes, Frère Charles. Sans se presser. J'en ai fait l'expérience tout à l'heure, avant de venir vous voir. J'imagine qu'un moine comme vous, certainement plus grand et plus athlétique qu'un gros bonhomme comme moi, pourrait facilement le faire en moins de cinq minutes.

En quittant le bibliothécaire, Dubuc sentit son regard glacial se poser sur lui.

* *
*

Le jeudi après-midi, Dubuc prit la route 116 en direction de Sainte-Éléonore, une communauté rurale située au nord-ouest de Chesterville. Près d'une demi-heure plus tard, il arrivait en vue de la ferme du 8e rang des parents de Zacharie Beaudoin. Le couple habitait une fermette assez rustique et les champs laissés en friche tout autour laissaient croire que les animaux de pâturage étaient partis depuis longtemps. Lucien Langlois avait laissé entendre à Dubuc qu'il perdait son temps à visiter les parents d'un garçon aussi perturbé que Zacharie. Dubuc en était conscient, mais n'en avait fait qu'à sa guise : malgré lui, il espérait qu'une rencontre avec ses parents l'aiderait à comprendre le contexte social dans lequel avait grandi Zacharie ainsi que son comportement actuel.

Lorsqu'il frappa à la porte, une femme dans la cinquantaine ouvrit, mais laissa la porte entrebâillée. Le policier s'identifia. Elle s'assura d'avoir l'autorisation de son mari avant d'ouvrir complètement.

Les lieux étaient modestes, voire dénudés. Le policier nota que le rez-de-chaussée ne comportait qu'une grande pièce servant de cuisine et une autre plus petite pour le salon. Un poêle à bois semblait prêt à rendre l'âme. Le prélart bon marché était arraché par endroits. Les meubles étaient rares et désuets. Des crucifix et des images religieuses étaient accrochés un peu partout sur les murs de la pièce. Le policier remarqua aussi que Béatrice et Patrick Beaudoin affichaient une maigreur excessive et leur peau laiteuse laissait deviner une sérieuse carence en vitamines. Une odeur persistante de friture flottait dans la pièce.

Dubuc leur expliqua franchement le motif de sa visite : leur fils Zacharie était recherché à la suite du meurtre du Frère Adrien, car il avait certainement été témoin ou même participant de cette tragédie. Dans la grange, Zacharie avait dit à Dubuc qu'il connaissait l'identité du meurtrier. Malheureusement, il s'était enfui et la police n'arrivait pas à le retrouver. Avaient-ils été contactés par leur fils depuis le meurtre ?

Béatrice Beaudoin s'était assise en retrait du policier et refoulait ses larmes.

— Je pense que Zacharie devait…

Son mari se leva et fit un geste brusque. Elle se tut.

— Zacharie nous a quittés pour se consacrer au Seigneur ! dit-il sur un ton dur.

— Étiez-vous en contact avec lui régulièrement ? demanda Dubuc.

Patrick Beaudoin prit alors un ton chargé de tristesse.

– Pas vraiment. On ne menait plus la même vie, vous savez…

Béatrice Beaudoin reprit la parole.

– Dès sa naissance, moi, j'ai su que Zacharie était un enfant différent. C'est rare, à deux ou trois ans, qu'un enfant passe sa journée tout seul, sans rechigner. Il semblait capable de fonctionner, mais on aurait dit que, émotionnellement et affectivement, quelque chose n'allait pas. En vieillissant, Zacharie avait besoin de plus en plus de sécurité autour de lui.

– Que voulez-vous dire ? demanda le policier.

– Eh bien, quand il jouait…

– Ce que ma femme veut dire, Sergent…

Le policier ignora la remarque et incita la femme à poursuivre.

– Quand Zacharie jouait à des jeux dans son enfance, par exemple, s'il connaissait déjà les règlements, tout allait bien. Mais si on lui présentait un jeu nouveau, dont il ignorait les règlements, alors là c'était…

– La panique ? suggéra le policier.

– Oui, la panique, avoua Béatrice Beaudoin. Il perdait alors tous ses moyens et devenait difficile à contrôler. Comme bien des déficients, Zacharie fonctionne bien lorsqu'il est encadré dans un environnement où les tâches sont simples et répétitives.

– C'est la raison pour laquelle vous l'avez envoyé au monastère à 16 ans ?

Patrick Beaudoin vint s'asseoir près de sa femme.

— On n'en pouvait plus de Zacharie, ma femme pis moé. C'était au-dessus de nos forces de s'en occuper. Vous devez comprendre que le monastère du Précieux-Sang, c'était la sécurité pour un enfant comme lui. Les bons moines vivent depuis plus de mille ans en suivant les mêmes règlements. Les mêmes tâches sont répétées, jour après jour. Difficile de trouver un environnement plus routinier et rassurant pour notre fils.

— Justement, rétorqua Dubuc. Depuis sa disparition, on a des raisons de croire que Zacharie s'est caché quelque part au monastère. Est-ce dans sa nature de rester sur place, ou s'il va tenter de s'enfuir à la prochaine occasion ?

Sa mère n'eut aucune hésitation.

— Oh, Zacharie ne prendra aucun risque, croyez-moi. S'il trouve de quoi se nourrir sur place, il ne songera pas à s'enfuir. D'ailleurs, le monde extérieur ne l'a jamais attiré.

*　*

*

En milieu d'après-midi, Lucien Langlois sortait du poste de police de Chesterville lorsque quelque chose attira son attention : le Frère Dominique, le chargé de commissions du monastère, marchait droit vers lui. Il semblait dans tous ses états. Le policier s'immobilisa et attendit.

　　Un moine trop bavard

— Vous êtes de la police ? Je veux porter plainte. Quelqu'un m'a volé ma bicyclette à la pharmacie ce midi ! Probablement les jeunes qui fumaient dans la cour d'école tout près, fit le moine, sur un ton agité.

Lucien lui ouvrit la porte.

— Je suis aux enquêtes criminelles, mais je peux vous diriger vers le service qui s'occupera de vous au troisième étage. Suivez-moi.

Sans cesser de maugréer, le Frère Dominique marcha derrière Lucien et ils grimpèrent trois étages par l'escalier de service.

— Vous êtes en forme, à ce que je vois ! lança Lucien.

Le moine garda la tête baissée.

— Oh, je pédale tous les jours pour venir faire mes achats à Chesterville, été comme hiver.

— Votre bicyclette a disparu quand ?

— Pendant que j'étais à la pharmacie, pour m'acheter un produit contre l'herbe à puce, fit le moine. Regardez-moi les mollets. Je n'arrête pas de me gratter au sang !

Contre toute attente, le Frère Dominique souleva sa soutane jusqu'aux genoux, faisant voir des ampoules et une rougeur prononcée.

Lucien ouvrit la porte du troisième étage.

— Tenez, vous pouvez parler au préposé du bureau à droite. Attendez là, il sera à vous dans un instant.

Le Frère Dominique le remercia, puis le dévisagea plus longuement.

— Ah, mais je vous reconnais tout à coup. Vous êtes ce détective qui accompagne l'autre durant l'enquête au monastère. Quel est son nom déjà, au gros ?

— Roméo Dubuc, nous travaillons ensemble depuis des années.

Le moine se laissa choir sur une chaise et rejeta la tête en arrière.

— Ah, quelle tragédie ! Je n'oublierai jamais l'image du crucifix enfoncé dans la gorge du Frère Adrien. Ceux qui ont fait ça ne…

Lucien l'interrompit brusquement.

— Qu'est-ce qui vous dit qu'ils étaient plusieurs ?

Le moine transpirait abondamment. Lucien ignorait si c'était en raison de la chaleur ou parce qu'il était interrogé par la police.

— Ça me semble évident, non ? Personne ne peut entrer dans un monastère gardé comme une forteresse sans se faire remarquer, à moins d'être très bien organisé.

— Ou d'avoir un collaborateur à l'intérieur du monastère, suggéra Lucien.

Le Frère Dominique sentit l'allusion et durcit le ton.

— Suggérez-vous qu'un moine aurait commis le meurtre avec l'aide d'un complice de l'extérieur ?

Lucien, qui voulait éviter de brûler son premier contact avec le Frère Dominique, joua de prudence.

— Notre enquête ne fait que commencer. Pour avancer ce que vous dites, il nous faudrait des preuves solides que nous n'avons pas encore.

L'argument contribua à calmer le Frère Dominique. Lucien décida de pousser ses questions plus loin.

— D'après vous, quelqu'un au monastère pouvait-il détester assez le Frère Adrien pour l'assassiner ?

Le moine fut étonné, mais réfléchit néanmoins.

— C'est certain que... écoutez, je ne mettrai pas de gants blancs, Sergent. À peu près tout le monde au monastère détestait le Frère Adrien. Vous savez, nous vivons en communauté, très près les uns des autres, ce qui rend l'espace personnel de chaque moine encore plus rare et plus précieux. Malheureusement, le Frère Adrien envahissait constamment cet espace personnel. S'il avait quelque chose à dire, il vous le disait en pleine face, n'importe où et n'importe quand.

Lucien constata :

— Rien pour se faire des amis, à ce que je vois.

— Pas vraiment.

Le policier posa la question qui lui brûlait les lèvres.

— Je vois que vous portez des espadrilles, Frère Dominique, au lieu des sandales comme les autres moines.

Le moine approuva.

– C'est plus pratique pour circuler à bicyclette.

– Vous êtes plusieurs au monastère à porter des espadrilles ?

– Deux ou trois moines, je crois.

Le Frère Dominique reprit soudain son air méfiant.

– Mais pourquoi toutes ces questions à propos de mes espadrilles ?

Lucien lui avoua :

– Nous avons retrouvé ce genre de traces sur la scène du crime.

Le moine sembla sidéré.

– Le meurtrier portait des espadrilles ?

– Peut-être pas le meurtrier. Mais quelqu'un qui était sur les lieux lors du meurtre du Frère Adrien…

6

Vendredi matin, quand Dubuc arriva au bureau, un message l'attendait. Le policier rappela le coroner, qui confirma qu'un seul couteau avait frappé le Frère Adrien dans le dos. L'autopsie avait permis de retirer de l'omoplate l'extrémité de la lame, brisée au tiers de sa longueur lorsque le premier coup avait été assené en frappant fortement l'os dorsal. Les coups subséquents pouvaient donner l'impression d'avoir été portés par un deuxième couteau plus large, mais c'était, dans les faits, le même couteau. Le rapport du coroner précisait aussi qu'il s'agissait vraisemblablement d'un instrument contondant banal, tel un couteau de cuisine, comme Dubuc l'avait déjà supposé sur les lieux du crime, il y a 10 jours.

Le coroner ajouta que la strangulation de Frère Adrien était aussi attribuable à une corde de chanvre, comme en témoignaient les minuscules fibres synthétiques retirées du cou de la victime et analysées au microscope. La strangulation, survenue après les coups de

couteau, avait contribué à comprimer les vais-
seaux sanguins et le passage de l'air dans la
gorge pour provoquer l'asphyxie de la victime,
qui avait déjà perdu beaucoup de sang.

Le rapport confirma aussi que le crucifix
avait été enfoncé dans la gorge de la victime
en dernier lieu, après sa mort.

— Pour créer un effet théâtral? Faire passer un message? demanda Dubuc.

— Ce n'est pas mon enquête, Roméo, répondit le coroner. Mais sachez que la violence
avec laquelle le crucifix a été enfoncé dans la
gorge était telle que le larynx et les cartilages
de la victime ont été gravement endommagés.

— Et les traces de coup?

— La victime en a reçu au visage et j'ai
relevé aussi plusieurs ecchymoses sur la poitrine, mais c'était plutôt superficiel, rien de
très violent.

— Par contre, le Frère Adrien ne semble
pas s'être défendu, précisa Dubuc. Bizarre…

— En effet, ses mains sont intactes, rétorqua le coroner. Aucune trace de coup, sans
parler que ses ongles étaient impeccables,
on aurait dit que ce moine sortait de chez la
manucure!

— J'avais remarqué, ajouta Dubuc. Peut-
être qu'il ne s'est pas défendu parce qu'il
connaissait son agresseur. Sans compter l'effet
de surprise…

Le coroner resta silencieux un instant
avant d'ajouter :

— Permettez-moi de vous le dire, Roméo, mais pour un moine, le Frère Adrien vivait dangereusement.

— Que voulez-vous dire ?

— Eh bien, il ne souffrait pas seulement d'une obésité morbide, mais il éprouvait aussi des problèmes cardiaques sérieux, souffrait d'hypertension artérielle grave et son taux de mauvais cholestérol LDL défonçait le plafond. Bref, mes tests sont encore préliminaires, mais sur le plan santé, le Frère Adrien était une bombe à retardement.

— Ah ça, il faisait bonne chère, c'est certain.

— Oh, avant que j'oublie, j'ai aussi relevé une petite marque bizarre sur la victime, poursuivit le coroner.

Dubuc sursauta.

— Ah bon ! Je n'ai pourtant rien remarqué en examinant le corps du Frère Adrien.

— Il fallait une autopsie détaillée pour découvrir ce petit tatouage, car il est discrètement enfoui dans le repli de peau du genou droit et pas plus gros qu'un dix cents...

— Un tatou, vous dites ? s'étonna Dubuc.

Le coroner hésita un instant.

— Oui, un tatouage. C'est assez bizarre, en effet. Vous verrez dans mon rapport...

* *

*

Dubuc attendit la pause-café du lundi matin à l'usine de moulage sous pression Chesterville Die Casting. Il se dirigea vers la cantine mobile dès qu'il entendit le signal de la pause-café. Une dizaine d'ouvriers faisaient déjà la file près de l'endroit.

L'enquêteur se tourna vers l'un d'eux.

— Je cherche Denis Rochon.

— C'est le grand roux avec la veste de chasse, à côté de la table de pique-nique.

Il le remercia et marcha vers les abords du stationnement où trois ou quatre employés étaient installés pour grignoter en ce milieu d'avant-midi.

— Denis Rochon ?

— C'est moé, fit l'un des hommes sans relever la tête, pendant qu'il finissait d'avaler un sandwich au jambon et fromage.

— Roméo Dubuc, enquêteur à la Sûreté. J'aurais quelques questions à te poser sur la mort du Frère Adrien au monastère.

L'autre eut une expression étonnée, mais se leva et accompagna Dubuc. Les deux hommes marchèrent dans l'un des sentiers aménagés aux abords de l'usine. Denis Rochon était large d'épaules et une barbe lui mangeait la moitié du visage.

— On dirait que tu t'es trouvé de l'ouvrage assez vite après avoir été congédié du monastère, constata le policier.

Rochon fit un demi-sourire.

            Un moine trop bavard

— J'ai été *lucky*. L'usine appartient à mon beau-frère.

— Le Frère Adrien t'avait congédié deux jours avant de mourir. C'est une coïncidence ça aussi ?

— Cibole, quand je suis en boisson, je dis souvent des affaires qui dépassent ma pensée, c'est certain !

— Quand as-tu vu le Frère Adrien pour la dernière fois ?

L'autre réfléchit un instant.

— Le jour où il m'a sacré à la porte. Mais je souhaitais pas ce qui lui est arrivé, je vous jure.

Dubuc sortit son calepin.

— T'étais où la nuit du mercredi où a eu lieu le meurtre ?

Rochon fit une grimace.

— Voulez-vous vraiment le savoir ? J'ai passé la journée avec ma blonde Natacha. Une vraie chatte en chaleur, celle-là ! On s'est baignés au camping Verte Vallée. Le reste, c'est du privé, comme on dit...

Dubuc nota le nom et l'adresse de sa flamme.

— C'est tout pour l'instant. Je te ferai signe au besoin.

Le policier remarqua une marque rougeâtre au cou de Rochon.

L'employé de l'usine eut un sourire complice.

— Je vous l'ai dit, Sergent, Natacha est une vraie chatte en chaleur.

Dubuc s'éloigna.

— Ouais, ben j'espère pour toi que ta chatte en chaleur est pas trop farouche avec la police…

* *

*

À l'heure du lunch, Dubuc s'arrêta à la cantine La Belle Bedaine pour commander une poutine italienne extra fromage. Il allait retourner à sa voiture avec son repas, lorsqu'il croisa Manon.

— Je vous cherchais, dit-elle.

— Comment t'as fait pour me retrouver ?

— Facile. Si vous n'êtes pas au bureau à l'heure du lunch, c'est que vous êtes à La Belle Bedaine ou Chez Ludger ou au Flamand Rose. Vos trois *spots* habituels ! C'est pas compliqué.

Dubuc éclata de rire.

— Tu connais vraiment tout sur ma vie privée !

Le policier s'installa à l'une des tables à pique-nique près de la cantine et mangea de bon cœur. Manon s'assit en face de lui.

— J'ai pris un café avec Nadia Vigneault ce matin au Tim Hortons.

— Tu connais la buandière du monastère ?

Manon haussa les épaules.

— Pas vraiment. Mais son équipe de curling avait remporté le championnat régional il y a deux ans et j'avais fait une entrevue avec elle à l'époque.

Dubuc secoua la tête sans comprendre.

— Pourquoi tu me parles de Nadia Vigneault tout à coup ?

— Parce que c'est plus intéressant pour moi de jaser avec elle qu'avec les moines. On dirait qu'ils ont les babines cousues de fil blanc, ceux-là ! Et dire que ma mère voulait que je fasse une sœur grise quand j'étais jeune ! Pouvez-vous croire !

Dubuc rit tellement qu'il faillit s'étouffer.

— Elle t'a raconté des choses intéressantes, cette Nadia ?

C'est la question que la journaliste attendait, de toute évidence.

— Eh bien, j'ai appris que le Frère Hubert, qui a remplacé le Frère Adrien à l'usine de crucifix, avait été conseiller en placements financiers dans une petite ville au Lac Saint-Jean avant d'entrer au monastère. Il a fait deux ans de prison pour avoir détourné 300 000 $ des investisseurs.

Dubuc faillit régurgiter sa poutine en entier.

— Et il a trouvé sa « vocation » en sortant de prison ?

— Faut croire que oui. Il faisait, à plus petite échelle, ce que d'autres ont fait avant lui : fourrer les petits investisseurs qui te font confiance avec leur argent. Paraît qu'en prison, il voyait régulièrement un aumônier, ce qui aurait suscité son désir de se rapprocher du bon Dieu. Et comme il a été en mesure de remettre une partie de l'argent, les autorités l'ont laissé sortir plus tôt que prévu.

Dubuc repoussa son assiette à moitié vide devant lui. La nouvelle lui avait coupé l'appétit.

— Le Frère Hubert, hein ? Je me demande si d'autres moines ont eux aussi des squelettes dans leurs placards...

*   *

*

Vers 19 heures le mardi soir, Roméo Dubuc se présenta au restaurant italien Chez Alfredo au centre-ville de Chesterville, pour son souper tant attendu avec Florence.

Essoufflé, le policier déposa une gerbe d'œillets rouges et un petit sac de papier brun devant elle.

— Tenez, c'est pour vous. Désolé du retard.

Il s'assit devant Florence pour reprendre son souffle et resta un long moment à la contempler. Entre-temps, il épongeait discrètement la sueur qui perlait sur son front. Elle portait une jolie robe beige en lin qui mettait en valeur les reflets de sa chevelure rousse. Dubuc remarqua aussi un bracelet argenté à son bras droit et les boucles d'oreilles assorties. Cette sobriété dans la tenue lui plut tout de suite.

— Merci pour les fleurs ! Et la petite boîte, c'est quoi ? Je peux l'ouvrir ?

Florence ne cacha pas sa surprise : c'était du sucre à la crème maison ! Mais à première vue, on aurait dit des morceaux de béton concassé, tant il semblait desséché et dur. Malgré tout, elle apprécia l'attention.

Dubuc était mal à l'aise et se promit de dire à Manon Pouliot que son idée d'offrir un « petit quelque chose de personnel » à Florence n'était pas si géniale, après tout.

— Je… j'espère qu'il n'est pas trop dur, le sucre à la crème. J'ai pris la recette sur la boîte de lait Carnation et j'ai pas l'habitude de cuisiner, vous savez. Avant, c'était ma femme qui…

— Oh, mais vous avez mis votre nouveau veston italien pour me faire plaisir ! lança Florence avec enthousiasme, pour changer de sujet.

— Euh, oui. Mais je devrais peut-être enlever les étiquettes… *shit !*

Dubuc se pencha un instant pour tirer dessus d'un coup sec. Lorsqu'il releva la tête, il vit que Florence l'observait intensément. Toute son attitude, son visage, ses traits étaient détendus, mais ses yeux couleur noisette semblaient pénétrer sa pensée. Dubuc savait qu'en présence de cette femme élégante et distinguée, il serait exposé au grand jour à ce qu'il était vraiment : un gros épais. Depuis des jours, depuis sa première rencontre avec Florence en fait, il anticipait de se retrouver seul avec elle. Et voilà que maintenant, il accumulait gaffe après gaffe. D'abord son retard, ensuite le sucre à la crème en béton, et maintenant les étiquettes du veston. Cette femme-là, si elle était assez masochiste pour rester jusqu'à la fin du repas, aurait toutes les raisons du monde de lui montrer la porte à la fin de la soirée.

Le serveur se présenta à leur table. Dubuc nota ses hésitations, sa gaucherie et en déduit que c'était probablement un étudiant qui travaillait à temps partiel. Il sortit un petit carnet de sa poche.

— Pour les spécials du jour...

— Spéciaux, fit Florence.

— Quoi ?

— On dit « les spéciaux du jour ».

Le jeune serveur hocha la tête et retrouva son aplomb.

— Pour les spéciaux du jour, on a la brochette d'agneau servie avec des taglinatelles et...

— Des « tagliatelles », précisa Florence.

Cette fois-ci, le serveur coupa court à son menu du jour et disparut dans la cuisine.

Un peu plus tard, Dubuc et Florence commandèrent tous deux des gnocchis maison servis avec sauce tomate et basilic frais, accompagnés d'un verre de Valpolicella.

Accoudé à la table et légèrement incliné vers l'avant, Dubuc observait la salle à peu près vide du restaurant, cherchant à éviter le regard de Florence.

— Ça fait drôle de me retrouver ici. L'endroit a changé, mais c'était très bon à l'époque.

— Vous n'êtes pas venu ici depuis un certain temps ? demanda Florence.

— Pas depuis huit ans. La dernière fois, c'était pour fêter les 18 ans de mon garçon, avec Gilberte.

— André ?

— Oui. Le même jour, il avait reçu sa réponse du Cégep de Sherbrooke. Accepté en administration. C'est l'époque de sa vie où je l'ai connu le plus heureux.

— C'est après que ça s'est gâté, je pense... suggéra Florence du bout des lèvres.

Dubuc se contenta de hocher la tête.

— Environ un an plus tard, il est entré dans ce que j'appelle sa phase capotée : les mauvais chums, les mauvais choix, la mauvaise blonde. On est devenus des étrangers pour lui. Ma femme trouvait souvent des sachets de drogue dans ses poches de jeans. Plein de questions, pas de réponses. Pas facile de fermer les yeux quand on est enquêteur de police ! Quelques mois plus tard, André s'est retrouvé dans un party qui a mal tourné et il est mort d'une overdose de pilules, en route pour l'hôpital. Alors, voilà...

Florence vit Dubuc agripper le rebord de la table pour contenir l'émotion qui l'envahissait. Cette époque de sa vie l'avait marqué au fer rouge comme un animal, c'était évident. Elle sentait que, même huit ans plus tard, Dubuc n'avait toujours pas accepté la dure réalité de la mort de son fils. Mais quel parent réussit à le faire ? Florence allongea lentement le bras et plaça sa main sur la sienne. Après un long moment, il releva la tête vers elle, les yeux encore humides.

— Votre femme Gilberte m'en avait parlé à l'époque, dit-elle d'une voix douce. Je devine à quel point c'était pénible pour vous deux.

Le serveur déposa leurs plats de pâtes devant eux et repartit.

Florence profita de cette interruption pour lever joyeusement son verre en direction de Dubuc.

— Mais ce soir, Roméo, laissons le passé derrière nous et buvons à l'avenir !

Sa bonne humeur naturelle sembla soudain raviver le caractère taciturne du policier, qui lui sourit et se détendit pour la première fois de la soirée.

— Moi aussi, j'ai un grand garçon, dit-elle. Jean-Thomas a 22 ans maintenant. Depuis mon divorce, c'est lui l'homme de la maison.

— Il est encore aux études ? demanda Dubuc.

— Oui et non. Vous savez comment sont les jeunes de nos jours. Six mois d'études, six mois de voyages, six mois de travail et on recommence. C'est mon Jean-Thomas tout craché, cette vie-là. Pas pressé de faire son choix! J'ai essayé de l'amener à la boutique, pour voir si le commerce l'intéressait. Mais après deux jours, il devient claustrophobe et veut repartir en voyage. Il s'est promené en Europe, en Asie, en Australie! Pour l'instant, il est livreur et homme à tout faire dans une librairie du centre-ville.

Ils rirent de bon cœur. Le vin coulait à flots et la conversation se faisait tout naturellement. Tous deux habitaient depuis des années à Chesterville, croisaient chaque jour les mêmes gens, fréquentaient les mêmes endroits, entendaient les mêmes potins...

Quand Dubuc jeta un coup d'œil à sa montre pour la première fois de la soirée, il était près de 23 heures. Il chercha le serveur du regard et lui fit signe d'apporter l'addition.

Le policier régla la note et le couple quitta le restaurant. Il marcha avec Florence jusqu'à sa voiture et elle déposa un léger baiser sur sa joue avant de repartir. Un baiser prometteur... accompagné d'une invitation à souper à la maison prochainement.

7

Lucien passa une bonne partie de la matinée dans la grange du monastère, à tenter de mieux comprendre la scène du crime. Deux semaines après le meurtre, plusieurs éléments de l'enquête restaient encore flous pour l'instant : par laquelle des deux portes était arrivé le Frère Adrien ? Avait-il rencontré son meurtrier dans le grenier à foin ou plutôt dans la grange ? Par où s'était enfui Zacharie ?

Pour prendre un peu de répit, il sortit et alla s'allonger quelques minutes sous un arbre à une dizaine de mètres de la grange. L'instant d'après, un moine passa près de lui et le salua de la tête sans s'arrêter. Lucien reconnut la démarche plutôt énergique du Frère Cyrille, le portier du monastère, qui entra dans la grange. Il bondit sur ses pieds et le rattrapa.

Malgré sa petite taille, le moine souleva quelques bottes de foin sans effort apparent pour les lancer dans une brouette.

— Dites donc, Frère Cyrille, je sais qu'il y a une tonne de foin, mais vous n'avez rien trouvé ici dans les jours qui ont suivi le meurtre ?

Le moine transpirait d'effort.

— Comme quoi ?

— Je ne sais pas moi. N'importe quoi pouvant nous aider à éclaircir le meurtre du Frère Adrien. Un couteau de cuisine, par exemple…

Le petit homme fit un rare sourire.

— Pardonnez-moi le jeu de mots facile, mais vous cherchez vraiment un couteau dans une botte de foin, vous !

Lucien profita des bonnes dispositions du portier, plutôt taciturne la plupart du temps.

— Vous étiez en bons termes avec le Frère Adrien ?

Le portier eut une réaction de défense et cherchait visiblement à répondre sans se compromettre.

— Eh bien, comme d'autres moines vous l'ont certainement dit, le Frère Adrien n'était pas quelqu'un de facile à vivre.

— Oublions les autres moines pour un instant, insista Lucien. C'est votre opinion qui m'intéresse. Vous et le Frère Adrien, c'était comment ?

— Bof, pour être franc, disons qu'il ne ratait aucune occasion de se moquer de moi.

— De quelle façon ?

Le Frère Cyrille hésita quelques instants.

– Par exemple, il avait pris l'habitude de m'appeler le « Frère Stérile », des trucs du genre...

Lucien fit la moue.

– C'est tout ? Mais c'est pas catastrophique, il me semble.

Le moine rajouta :

– Oh, et il avait aussi caché du fumier de mouton sous ma couchette, pour me jouer un vilain tour.

Cette fois-ci, Lucien fit la moue.

– De mauvais goût, en effet.

Pour clore la conversation, Lucien alla chercher un sac qu'il avait apporté et en sortit un appareil doté d'un long manche métallique et muni d'une extrémité ronde.

Le Frère Cyrille écarquilla les yeux.

– On dirait une brosse pour cirer un plancher de cuisine !

– C'est un détecteur de métal. Souhaitez-moi bonne chance !

Lucien entreprit alors de passer au peigne fin toute la surface de la grange, ainsi que le grenier à foin s'il le fallait. Après une vingtaine de minutes, l'appareil repéra un morceau de métal enfoui sous quelques centimètres de foin.

Un couteau de cuisine...

La lame était brisée dans sa partie inférieure et teintée d'une couleur brunâtre. Du sang...

Même s'il restait encore à démontrer que c'était bel et bien le sang de la victime, l'emplacement du couteau était logique. Lucien savait qu'il avait retrouvé l'arme qui avait blessé gravement le Frère Adrien.

Tout s'éclairait maintenant. L'endroit où il venait de trouver le couteau confirmait ce que la police soupçonnait déjà : le Frère Adrien avait réussi à se dégager, mais avait ensuite été poignardé et s'était écroulé au sol. Son agresseur l'avait donc rattrapé, puis étranglé. Le meurtrier s'était débarrassé du couteau en le lançant loin de lui, avant de prendre la fuite.

— Savez-vous d'où provient ce couteau ?

Frère Cyrille lui fit voir l'emblème bénédictin sur le manche.

— De la coutellerie du monastère.

— Les moines s'en servent aux repas ? demanda Lucien.

— Non. Ces armoiries indiquent que ce couteau appartient aux cuisines du monastère et non au réfectoire.

*   *
*

L'Abbé Bernard avait fermé la porte de son bureau et s'était assis sous l'énorme crucifix noir qui trônait sur le mur derrière lui. Son confident, le Frère Charles, ainsi que le Frère Patrice, le comptable en fauteuil roulant, se tenaient un peu en retrait. Les deux moines avaient remarqué à quel point leur supérieur semblait profondément troublé.

— Nous devons régler le cas de Zacharie au plus vite ! lança l'Abbé, sans dissimuler sa vexation. Sa présence au monastère constitue un grave problème pour toute notre communauté. La police cherche à tout prix à l'interroger, tout comme cette journaliste qui se promène sur notre domaine dans l'espoir de faire une entrevue avec lui. Tout cela doit cesser immédiatement !

Le supérieur s'était levé et arpentait maintenant la pièce avec nervosité.

Le Frère Charles l'avait écouté en silence.

— Avec respect, Abbé Bernard, nous avons appliqué votre directive à la lettre. Le réfectoire des moines ainsi que la cuisine sont restés débarrés la nuit, pour permettre à Zacharie de trouver sa nourriture ici même au monastère.

— Et alors ? demanda le supérieur avec intérêt.

— La cuisine nous rapporte effectivement qu'elle se fait voler chaque jour de la nourriture.

La nouvelle dessina un mince sourire sur les lèvres du supérieur.

— Très bien. C'est donc que Zacharie est encore caché quelque part sur le domaine. Assurez-vous de continuer ainsi.

Le Frère Charles alla plus loin.

— Peut-être pourrions-nous envoyer discrètement Zacharie dans un autre monastère, à tout le moins en attendant que les choses se calment. Qu'en pensez-vous ?

L'Abbé Bernard désapprouva.

— Il est trop tard. Zacharie est recherché dans l'enquête criminelle en cours. La police estime qu'il est soit un témoin important, soit impliqué dans le meurtre. Mais je connais Zacharie et je sais que ce garçon est innocent. S'il fallait qu'il quitte le monastère sans explication, la police interpréterait ce geste comme une entrave à l'enquête criminelle et nous serions dans de beaux draps !

Le Frère Patrice avança son fauteuil roulant vers l'Abbé, qui avait eu à maintes reprises l'occasion d'apprécier son jugement éclairé.

— À moins que le départ précipité de Zacharie ne soit justifié pour une raison médicale majeure, fit-il. Si nous parvenons à le retrouver, nous pourrions le soumettre à une évaluation psychologique. Je connais un clinicien, un bienfaiteur de notre communauté, qui pourrait alors préparer un rapport d'évaluation démontrant la nature très instable de Zacharie, afin de discréditer la valeur de son témoignage éventuel à la police. En nous basant sur ce rapport, nous pourrons facilement justifier son départ du monastère pour subir un traitement expérimental dans une clinique américaine. Cette explication aurait à tout le moins le mérite de soustraire Zacharie à l'enquête de police, sans éveiller les soupçons.

L'Abbé approuva. L'idée lui plaisait.

– Très bien. Dans ce cas, informez-vous aujourd'hui même auprès de ce psychologue. Nous devrions être en mesure de régler cette affaire d'ici quelques jours. Entre-temps, Frère Charles, assurez-vous que Zacharie continue d'avoir un accès permanent à la cuisine du monastère pour se nourrir la nuit.

*　*

*

En quittant la grange, Lucien se dirigea directement à l'autre extrémité du domaine du Précieux-Sang. Le Frère Cyrille l'avait informé que le cuisinier de la communauté, Frank Gélinas, vivait dans une roulotte près des dépendances du monastère. Étant donné la provenance du couteau, Lucien jugea bon d'aller vérifier si le principal intéressé pouvait le renseigner à ce sujet.

Il aperçut bientôt une roulotte blanche Glendale d'environ quatre mètres de longueur. Son état délabré laissait deviner qu'elle n'était pas un modèle récent. Une caisse de Coke en plastique rouge faisait office de marchepied.

Lucien s'approcha et plaça sa main contre la paroi de la roulotte, qui tanguait par saccades régulières. Il hésita un instant, se prépara à repartir, puis se ravisa.

Il frappa quelques bons coups sur la porte.

— Monsieur Gélinas! Sergent Langlois de la Sûreté du Québec. J'aurais quelques questions à vous poser!

La roulotte cessa soudain de bouger. L'instant d'après, un homme en camisole blanche ouvrit la porte en clignant des yeux à la lumière du jour.

— Vous m'avez réveillé! fit-il d'un air bourru.

— Je peux entrer?

— Que c'est que j'ai fait de travers?

— C'est à vous de me le dire, répondit Lucien, en passant devant le cuisinier récalcitrant pour entrer. Une odeur de transpiration fétide envahit les narines du policier.

L'intérieur de la roulotte était exigu. À droite, le poêle à gaz, des armoires en préfini et une table rudimentaire sur laquelle s'accumulait une vaisselle crasseuse. À gauche, un étroit corridor avec deux couchettes. Sur l'une d'elles, les draps étaient pêle-mêle.

— J'allais justement me faire une omelette western, dit le cuisinier, en ouvrant une canette de bière.

Lucien Langlois l'observa un instant. Frank Gélinas semblait au début de la soixantaine et portait un pantalon de coton ouaté gris sale. Sa bedaine de père Noël semblait faire des efforts surhumains pour quitter une camisole devenue trop étroite depuis longtemps. Le policier constata que ses manières ressemblaient davantage à celles d'un propriétaire de cantine à patates frites que d'un cuisinier de monastère bénédictin.

— Vous vivez seul ici, Monsieur Gélinas ?

— Tout seul comme un grand garçon. Mais qu'est-ce qui me vaut la visite de la police ?

— On enquête sur la mort du Frère Adrien.

Lucien s'était rapproché de l'homme qui s'affairait devant le poêle à gaz.

— Où rangez-vous vos ustensiles de cuisine ?

Gélinas ouvrit le tiroir à sa gauche.

Lucien jeta un coup d'œil rapide à une dizaine de couteaux.

— D'après nos informations, l'arme utilisée pour poignarder le Frère Adrien serait un couteau provenant de la cuisine du monastère.

Frank Gélinas fit un bruit de pet avec sa bouche, pour signaler son peu d'intérêt.

— Ben possible. Je me fais régulièrement piquer de la vaisselle au réfectoire. Pas nécessairement par les bons moines, mais plutôt par les visiteurs de passage qui couchent à l'hôtellerie. Des vagabonds, la plupart du temps. Je dirais deux ou trois assiettes par mois, avec des ustensiles aussi. Alors, vous comprenez, c'est ben possible qu'un de mes couteaux se soit retrouvé planté dans le dos du Frère Adrien. C'est malheureux, mais ce sont des choses qui arrivent…

Lucien nota que le cuisinier avait lancé cette dernière phrase avec autant de froideur que s'il avait démontré le théorème de

Pythagore pour la centième fois devant une classe d'écoliers.

Le policier était recroquevillé derrière la table de cuisine et regardait l'autre s'affairer devant son omelette western. Il sortit son carnet de notes.

Le cuisinier poursuivit :

— Quand le Frère Adrien était vivant, je barrais la cuisine chaque soir avant de partir vers sept heures. Même si, des fois, j'ai l'impression que ben du monde au monastère doit avoir une copie de la clé.

— Le Frère Adrien, peut-être ?

L'homme passa la main sur sa barbe rêche de deux jours et s'esclaffa.

— À mon avis, aucun cadenas n'aurait pu résister à ce gros gourmand ! Tout le monde au monastère savait qu'il adorait dévaliser mes frigidaires en pleine nuit, pour un rôti d'agneau ou une fesse de jambon. Je me souviens qu'il…

Lucien leva la main vers le cuisinier pour l'interrompre.

— Parlez-moi de vos rapports avec lui.

— Mais c'est ce que j'allais faire, bondance ! siffla le cuisinier. Que le Bon Dieu me pardonne, mais j'ai sacré après le Frère Adrien plus souvent qu'à mon tour ! Quand j'arrivais à ma cuisine le matin, j'avais l'impression qu'une armée de ratons-laveurs était passée la nuit ! À cause de ce pique-assiette, je devais tout le temps changer le menu du jour à la dernière minute !

Lucien Langlois tenta de résumer ses propos.

– Donc, vous n'aimiez pas vraiment le Frère Adrien.

Le cuisinier hésita avant de répondre.

– Pas trop trop, non !

– Pas trop trop. Mais pas assez non plus pour le tuer, j'imagine ? ajouta Langlois.

– Pas assez non plus pour le tuer, c'est certain. D'ailleurs, entre vous pis moi, on tuerait quelqu'un pour une belle femme, mais pas pour un gigot d'agneau, vous êtes d'accord avec moi, hein, Sergent ? fit le cuisinier, avec un clin d'œil ratoureux.

Lucien approuva et sortit. En s'éloignant, il vit la roulotte bouger à nouveau.

8

Lors de ses précédentes visites au monastère, Dubuc avait remarqué la préposée à la buanderie, Nadia Vigneault. Puisque les moines l'avaient d'ailleurs surnommée « la fouineuse », le policier espérait que sa réputation de langue bien pendue lui permettrait peut-être d'apprendre des choses. Nadia travaillait seule, souvent de nuit et son local se trouvait au bout du dortoir des moines. Le policier présuma qu'à cette heure encore matinale vendredi, « la fouineuse » avait probablement passé la nuit debout et qu'étant donné la fatigue, elle opposerait moins de résistance à ses questions indiscrètes. Elle était dans la quarantaine, courte et avait des manières plutôt masculines. À l'arrivée du policier, elle se déplaçait entre les six laveuses et les quatre sécheuses bruyantes de son local. C'est tout juste si elle prêta attention aux propos de Dubuc.

— Les moines, c'est certain qu'ils se promènent en pleine nuit. Des fois, on dirait une vraie parade ! Quand c'est pas pour se rendre aux offices de nuit, c'est pour aller aux toilettes. À leur âge, vous savez, la prostate leur joue de vilains tours !

— Et le Frère Adrien, il se promenait souvent comme ça, en pleine nuit, dans les corridors du monastère.

Nadia Vigneault se retourna brusquement vers le policier.

— Ah, trop souvent à mon goût, si vous voulez mon avis. Je l'ai d'ailleurs dénoncé à quelques reprises à l'Abbé Bernard, parce qu'il avait l'habitude de voler de la nourriture dans la cuisine, le chenapan. Que le Bon Dieu lui pardonne !

Elle se signa d'un geste rapide.

Dubuc sentait que l'émotion gagnait rapidement « la fouineuse », ce qu'il souhaitait. Il l'encouragea à parler.

— Et d'après toi, il avait des ennemis au monastère, le Frère Adrien ?

Nadia Vigneault s'arrêta net.

— Des ennemis ? Sais pas. Mais il aimait beaucoup s'amuser aux dépens des autres moines, c'est certain. Quand ce n'était pas une blague, c'était un jeu de mots après un autre. Parfois, c'était blessant et le Frère Adrien ne semblait pas toujours s'en rendre compte. Mais que voulez-vous, n'importe quel être humain qui passe sa vie enfermé entre quatre murs n'est pas nécessairement « normal », que ce soit un moine ou un détenu, vous me suivez ?

– Et Zacharie Beaudoin, tu le connais un peu ?

– Zac ? Certain que je le connais. Un bon p'tit gars, mais à la mauvaise place. Demandez-moi pas comment il a échoué au monastère ! Ses parents étaient plus religieux que le pape et ne faisaient pas confiance aux services sociaux. C'est triste, cette histoire de meurtre. Mais moi, je sais que Zac n'a rien à voir là-dedans.

Sa remarque piqua la curiosité du policier.

– Et pourquoi pas ?

Elle s'arrêta net, s'essuya les mains sur son uniforme blanc et contempla Dubuc d'un air incrédule.

– Non, mais… vous l'avez vu, Zac ? Mettez-lui un couteau dans une main pis une pomme dans l'autre, et ça va lui prendre une éternité pour figurer quoi faire avec ça ! Voyons donc, un simple d'esprit comme lui n'aurait jamais pu manigancer le meurtre du Frère Adrien ! Ça prend pas la tête à Papineau pour deviner ça. Vous n'êtes pas de mon avis, vous, Sergent ?

Dubuc approuva, davantage pour l'inciter à parler que par conviction personnelle. Il échappa la question qui lui brûlait les lèvres.

– D'après toi, il est encore au monastère, Zacharie ?

Nadia Vigneault avait vidé une sécheuse et pliait maintenant une pleine brassée de linge à une vitesse effarante. Elle se retourna soudain et répondit sèchement.

— Écoutez, je vois bien que vous essayez de me tirer les vers du nez, Sergent, mais j'ai pas à répondre à vos questions. Vous devriez les poser à l'Abbé Bernard. D'ailleurs, on nous a demandé de ne parler ni à la police ni aux journalistes, et surtout pas à la poupoune blonde du *Progrès de Chesterville* qui sent le Chanel à plein nez pis qui se promène en talons hauts de quatre pouces dans les corridors du monastère depuis plusieurs jours !

Dubuc sentait la buandière lui glisser entre les doigts comme du sable fin. Il lui fallait réagir et vite. Il prit une grande respiration avant de lancer :

— T'as raison, Nadia. T'as raison. Excuse-moi de t'avoir importunée.

Il la salua d'un geste, fit mine de se diriger vers la sortie puis se retourna au dernier instant.

— Dis donc, Stéphane Vigneault dans le 7e rang de Chesterville, c'est parent avec toi ou pas ?

— Stef est mon frère. Pourquoi ?

— Juste comme ça. Tu sais probablement qu'il est en attente de son procès pour avoir volé une Cadillac au centre d'achats l'automne passé ?

Nadia pencha la tête vers le sol.

— Stef m'a dit qu'il s'est fait pogner parce qu'il avait pris une gageure stupide avec un autre gars. Une folie de jeunesse !

Quand Dubuc sentit que Nadia Vigneault était au bord des larmes, il se rapprocha d'elle. Il murmura presque :

— Une folie de jeunesse qui pourrait le mener directement en prison, le savais-tu ? Ton petit frère a même pas encore 30 ans. C'est triste...

Nadia releva brusquement la tête. Ses yeux étaient remplis de larmes. Elle avait parfaitement saisi l'allusion du policier.

— Qu'est-ce que vous attendez de moi, Sergent Dubuc ? Que j'espionne les moines, c'est ça ?

Le policier fit mine de s'offusquer.

— Noooon, pas besoin de jouer à James Bond, voyons ! Juste que tu me fournisses certains renseignements utiles à l'occasion.

— Comme quoi ?

— Eh bien, tu pourrais commencer par ouvrir grandes tes oreilles pour savoir si Zacharie est encore caché au monastère. En retour, je te promets d'intercéder en faveur de Stéphane auprès du procureur de la Couronne pour lui éviter la prison.

Nadia Vigneault s'avança vers la porte de la buanderie et allongea le cou dans le corridor du dortoir pour s'assurer qu'ils étaient seuls. Puis, elle prit Dubuc par le bras et l'amena près des machines bruyantes, afin de couvrir sa voix.

— Écoutez, tout ce que je sais, c'est qu'avant le meurtre du Frère Adrien, la cuisine du monastère était barrée à clé chaque soir. Maintenant, elle reste débarrée toutes les nuits.

— Pourquoi ? demanda Dubuc.

Nadia le dévisagea.

— Ça me semble évident…

Le visage du policier s'éclaira soudain. Une pensée traversa son esprit.

— Si les moines laissent la cuisine débarrée, c'est peut-être parce qu'il veulent s'assurer que Zacharie aura de quoi manger. Parce que s'il a de quoi manger à sa faim, il va probablement rester caché ici, aux alentours du monastère, au lieu de s'enfuir. Mais pourquoi les moines veulent-ils garder Zacharie ici ?

*　*

*

En retournant à sa voiture, Dubuc aperçut le jeune moine jardinier, le Frère Damien, l'un des noms sur sa liste de « personnes d'intérêt » pour l'enquête policière en cours. Il le trouva en train d'arroser le jardin de la communauté, où poussaient allègrement quantités de légumes saisonniers pour nourrir les moines.

Dubuc s'approcha du jardin et s'assit en silence sur un banc à l'ombre. Il souffrait de la chaleur moite de la matinée qui trempait sa chemise. Comme s'il avait deviné ses pensées, le Frère Damien s'approcha et lui tendit un verre d'eau en souriant.

— Que Dieu soit avec toi, mon fils! Voici de quoi te désaltérer. Ça s'annonce en effet comme une journée très chaude.

Le policier le regarda un instant et comprit pourquoi le Frère Damien était le plus jeune moine de la communauté. Il n'avait pas encore quarante ans et son dynamisme contrastait avec la réserve naturelle des autres moines plus âgés à Précieux-Sang. En raison de ses activités horticoles, le Frère Damien portait des jeans et une chemise de coton brune. Cependant, ce sont surtout ses espadrilles qui attirèrent l'attention de l'enquêteur.

— Vous ne travaillez pas en soutane comme les autres moines? risqua Dubuc.

— Jamais, car c'est beaucoup trop inconfortable. Essayez de tailler des rosiers remplis d'épines en soutane et vous verrez ce que je veux dire!

Le Frère Damien éclata de rire en voyant Dubuc grimacer mentalement de douleur. Outch! Il s'assit à son tour sur le banc et prit de l'eau lui aussi.

— Je vous avoue que j'ai un projet, Sergent. Un grand projet pour notre communauté. Un jour, au lieu de fabriquer des crucifix, les moines du Précieux-Sang pourraient fabriquer un excellent vin rouge à partir de raisins cultivés sur notre domaine, ici même en Estrie.

Je vois déjà l'étiquette de notre vignoble : « Cuvée du Précieux-Sang » ! Pas mal comme trouvaille, hein ?

Pendant qu'il parlait, Dubuc observait en diagonale le Frère Damien assis près de lui. Ses avant-bras étaient puissants et musclés, comme ceux d'un travailleur agricole. Mais nulle trace de blessure aux mains.

— Quels étaient vos rapports avec le Frère Adrien ? risqua le policier.

Le moine haussa les épaules.

— À vrai dire, je n'avais pas beaucoup de contacts avec lui.

Dubuc s'en étonna.

— Ah bon, pourtant, on me dit que vous passez six heures par jour à prier ensemble, quelques heures au réfectoire, et…

— C'est exact, interrompit le moine. Vous l'avez peut-être constaté, mais je suis le plus jeune moine ici. Auparavant, j'étais un jeune avocat qui faisait un demi-million de dollars par année à 32 ans, qui sortait avec les plus belles filles de Montréal et qui possédait un condo de luxe sur les pentes de ski du Mont-Tremblant.

— Et vous avez tout lâché pour venir… arroser des fleurs dans un monastère ? ne put s'empêcher de crâner Dubuc, plutôt sceptique.

— Exactement ! fit le Frère Damien, en se tapant dans les mains. J'ai vu l'arrogance du milieu juridique, le pouvoir de l'influence, la corruption de l'argent. Il y a quelques années,

                    Un moine trop bavard

j'ai été dégoûté de tout ça et je me suis dit que ma vie devait servir à autre chose qu'à toutes ces cupidités matérielles vides de sens. Et vous savez quoi, Sergent ? Je n'ai jamais regretté mon choix !

Sur ces mots, le Frère Damien se leva pour retourner à ses activités. Il se tourna vers le policier.

— Vous m'avez demandé ce que je pensais du Frère Adrien, Sergent ? Je vais vous le dire en toute franchise : c'était un gros soûlon, qui mangeait comme un porc. Un raconteur de farces plates. Un être menteur et méprisant qui colportait des ragots sur le dos des autres moines, sans se soucier des conséquences. Un visage à deux faces qui vous souriait en public, mais qui se moquait en privé. C'était ça, le Frère Adrien. Voilà, pardonnez ma franchise. Avez-vous d'autres questions ?

Dubuc réfléchit un instant.

— Oui, une seule : où étiez-vous à l'heure du meurtre ?

Le Frère Damien baissa la tête vers le policier.

— Humblement endormi dans ma cellule, comme tous les autres moines, en attendant l'appel de nuit pour les laudes de sept heures.

— Quelqu'un peut corroborer votre histoire ? demanda Dubuc.

— J'ai bien peur que non, Sergent.

Dubuc se leva, fit quelques pas puis se retourna.

– Vos espadrilles… vous chaussez du 11, je crois…

– Comment l'avez-vous deviné ? demanda le moine étonné.

Dubuc eut un léger sourire.

– Justement, je n'ai pas deviné…

*　　*

*

Une secrétaire déposa un mince document sur le bureau de Dubuc. Il s'agissait des résultats du labo sur l'analyse du couteau de cuisine que Lucien avait retrouvé au monastère.

– Mardi matin. C'est rapide ! J'avais demandé le plus vite possible, mais là, ils se sont surpassés, fit Dubuc.

Il ouvrit le document et le consulta rapidement.

Ça confirme ce qu'on soupçonnait déjà : c'est bien l'arme utilisée pour poignarder le Frère Adrien et le sang séché sur la lame est le sien.

– Des empreintes ? demanda Dubuc.

– *Niet*. Le meurtrier a probablement enroulé un linge ou un mouchoir autour de la lame pour s'assurer d'une meilleure prise. Ce qui est probable, puisque la poignée d'un couteau de cuisine ordinaire est plutôt glissante.

– Ce qui n'aurait pas empêché le tueur de se blesser en frappant, fit remarquer Dubuc.

Lucien désapprouva.

　　　　Un moine trop bavard

— Si vous pensez à la main blessée de Zacharie, ça ne veut pas dire grand-chose pour l'instant. Ça reste une preuve circonstancielle. Il pourrait s'agir d'un accident de travail dans son cas.

— Et ton cuistot, là, qui vit dans sa roulotte branlante au fond du monastère ?

— Aucune blessure à la main, répondit Lucien.

*   *

*

Vers neuf heures mercredi matin, la journaliste Manon Pouliot gara sa Honda Civic devant un édifice de six logements du centre-ville de Chesterville et glissa une pièce d'un dollar dans le parcomètre. C'était un quartier ouvrier et la corrosion qui ravageait les rampes des balcons témoignait de l'état de délabrement avancé de l'édifice. Manon jongla une dernière fois avec l'idée de faire une entrevue avec Denis Rochon, l'un des suspects dans l'enquête en cours. L'idée ne lui plaisait guère, mais elle n'avait pas vraiment le choix. Le peu de progrès dans l'enquête policière, depuis trois semaines déjà, mettait encore plus de pression sur elle en prévision de la prochaine date de tombée du *Progrès de Chesterville*. Manon consulta ses notes. Rochon habitait l'appartement numéro 4, au sous-sol. Elle s'était aussi informée à l'usine et savait que cette semaine, son quart de travail ne débutait qu'à midi.

Elle descendit l'escalier du sous-sol et des relents de friture la saisirent à la gorge.

Manon passa devant les trois premiers appartements, d'où lui parvenaient des voix d'enfants et de l'agitation. Elle s'arrêta devant le quatrième au bout du corridor. Près de la porte, l'ampoule au plafond était grillée. Le tapis vert élimé était souillé par endroits. Elle frappa d'un geste mal assuré.

Quand la porte s'ouvrit, Manon perçut d'abord une odeur de transpiration. Denis Rochon était devant elle, l'air ébahi, une spatule à la main. Sa main gauche serrait une bouteille de Molson Export. Sa forte carrure devait occuper les trois quarts du cadre de porte. Il portait un t-shirt sale et des shorts en coton ouaté. Manon ne put s'empêcher de remarquer la lueur animale qui traversa les yeux de Rochon en l'apercevant. Il lorgna sa minijupe en cuir et ses longues jambes minces. Elle recula d'un pas malgré elle.

— Monsieur… Rochon ?

— Ouais. Viens-tu déjeuner avec moé, ma belle pitoune ?

— Je suis… journaliste au *Progrès de Chesterville*.

L'autre fit soudain la moue.

— Ah bon, c'est platte. Pendant une seconde, j'ai pensé à autre chose. Que c'est que tu veux ?

— Je voudrais faire une entrevue avec vous pour le journal.

— Avec moé ? fit Rochon en écarquillant les yeux.

— Je prépare un article sur le meurtre du Frère Adrien. Ça vous permettrait d'expliquer pourquoi la police considère que vous êtes une « personne d'intérêt » dans l'enquête en cours et aussi de vous justifier...

— Me justifier ? Tu voudrais que moé, je t'explique pourquoi je suis soupçonné d'avoir tué le Frère Adrien, c'est ça ?

Manon se sentit désarmée par sa franchise brutale.

— Euh, oui, si vous voulez...

Denis Rochon hocha la tête et continua :

— J'imagine que tu voudrais aussi prendre ma photo avec ton kodak pour ta gazette ?

— Si vous n'avez pas d'objection.

Rochon avala le reste de sa bière et lança la bouteille vide derrière lui sur le tapis de l'appartement. Puis, il lâcha un rot grossier qui fit sursauter Manon.

— Écoute, Miss la journaliste, fais-moé plaisir, veux-tu. Ton entrevue pis ton kodak, tu peux te les fourrer où je pense, ok ! J'ai rien à dire, moé, parce que j'ai rien à me reprocher dans le meurtre du Frère Adrien. Ça fait que, sacrez-moi donc patience une fois pour toutes, câlisse !

Manon avait patiemment toléré que Denis Rochon déverse sur elle son haleine fétide et son tempérament macho. Maintenant, elle serra les dents. C'était son tour. Elle haussa le ton :

— Facile à dire, Rochon, mais des témoins au monastère vous ont entendu menacer de mort le Frère Adrien deux jours avant le meurtre, quand il vous a sacré dehors ! J'ai fait ma petite enquête moi aussi : tout le monde me dit que vous êtes un violent, un agressif, un pas parlable ! Quand vous êtes en boisson et que vous perdez les pédales, il paraît que vous êtes pas beau à voir ! Là, je commence à comprendre pourquoi !

Rochon était resté bouche bée. Il l'avait peut-être jugée un peu vite, cette fille-là. Il trouvait d'ailleurs qu'elle avait du chien.

— D'après toé, je suis suspect ? Ok. Mais tu devrais savoir que j'ai passé la journée du meurtre avec ma blonde Natacha au terrain de camping. Je l'ai déjà raconté à la police. Êtes-vous bouchés par les deux bouttes ?

Manon poursuivit sur sa lancée.

— Parlons-en de la belle Natacha... elle s'appelle en réalité Francis Labrecque, un travesti de 34 ans connu de la police de Montréal. Il paraît que vous fréquentez Labrecque assez souvent au Bar Illico de Sherbrooke, à ce qu'on m'a raconté.

Rochon serrait maintenant les poings et les traits de son visage étaient déformés par la rage. Effrayée, Manon recula de quelques pas.

                    Un moine trop bavard

— Ma petite maudite, t'en sais plus sur ma
vie privée que ma propre mère ! Sacre-moé ton
camp d'icitte au plus vite avant que je pogne
les nerfs, as-tu compris ? Pis si jamais t'écris
ça dans ta gazette, je te jure que tu vas te promener en béquilles longtemps !

Là-dessus, Denis Rochon tourna le dos à
Manon et lui claqua la porte au nez. Un bébé
se mit à pleurer dans l'appartement voisin.

9

En milieu d'après-midi mercredi, pendant qu'il jonglait avec les éléments d'information qu'il possédait, Roméo Dubuc sentit une dure réalité s'imposer à lui : l'enquête criminelle en cours depuis trois semaines ne ferait aucun progrès tant que la police n'arriverait pas à comprendre le « code de conduite » qui régnait à l'intérieur des murs du monastère du Précieux-Sang de Chesterville.

Dubuc et Lucien avaient maintenant interrogé tous les principaux suspects dans cette affaire, sans grand résultat. Le supérieur de la communauté, l'Abbé Bernard, faisait preuve d'une prudence, voire d'une réticence, bien palpable. La fuite de Zacharie, un simple d'esprit et le seul témoin confirmé jusqu'ici, compliquait sérieusement l'enquête et aucune autre piste valable ne s'était manifestée. Bref, Dubuc avait nettement l'impression de jouer à un jeu dont il ignorait toutes les règles. Près de la Caisse populaire de Chesterville, il aperçut l'écriteau du magasin de livres usagés

Au plaisir de relire et poussa la porte qui émit un tintement de clochettes.

L'endroit croulait littéralement sous des caisses de bouquins en attente d'être classés. Le soleil s'efforçait de filtrer à travers la saleté de la vitrine. Des piles de bouquins étaient en désordre sur les rayons. De toute évidence, les visiteurs étaient rares, comme en témoignait l'air vicié qui incommoda les narines du policier. Au fond du local, Dubuc aperçut une silhouette obèse devant une étagère.

— La porte ! ordonna une voix de stentor.

Le policier s'exécuta et s'avança vers l'homme qui rangeait péniblement des livres sur une tablette.

— C'est vous, le proprio ?

L'homme se retourna, fit glisser ses lunettes à monture de corne sur le bout de son nez et dévisagea son visiteur de ses yeux bleus perçants. Son visage rougeaud et bouffi était encadré d'une chevelure grise en broussaille, comme une caricature de chef d'orchestre et affichait une barbe de deux jours.

— On se connaît ? fit l'homme en toisant le policier des pieds à la tête.

— Roméo Dubuc, des enquêtes criminelles à la SQ.

L'autre déposa sa pile de livres sur le bureau et s'avança vers le policier, qui nota des taches de moutarde sur sa chemise blanche.

   Un moine trop bavard

— Georges-Henri Simoneau, propriétaire
des lieux. J'imagine que c'est Distribution Toupin qui vous envoie ?

— Qui ?

— Toupin, un distributeur de livres usagés
de Montréal à qui je dois deux mille piastres.
Un enfoiré de première classe ! Je lui ai dit qu'il
n'aurait pas une maudite cenne parce que son
stock de livres était ravagé par l'eau et l'humi-
dité. Mais il n'avait pas besoin de me coller la
police provinciale au derrière, l'innocent !

Dubuc constata la méprise.

— M. Simoneau, j'ignore de quoi vous
parlez. Je mène une enquête criminelle sur
le monastère du Précieux-Sang et je cherche
simplement un ouvrage sur la vie des moines,
les règlements auxquels ils obéissent, des trucs
du genre. Avez-vous quelque chose là-dessus ?

Georges-Henri Simoneau cessa de parler. Seule sa respiration sifflante, associée à
son asthme chronique, troublait le silence de
la librairie. Ses lèvres dessinèrent un mince
sourire ironique. Il se leva pour s'allumer une
cigarette.

— La vie monastique, hein ? Je pourrais
vous en raconter long. Dans ma jeunesse,
voyez-vous, j'ai cru à tort que la vie au monastère d'Oka serait une échappatoire tripative
au carcan social de l'époque. Il faut dire que
le Québec n'était pas la société ouverte et dy-
namique qu'il est devenu depuis ce temps-là.
Sous le régime autocratique de Duplessis à la

fin des années 50, les jeunes idéalistes épris de justice sociale et de liberté comme moi étouffaient ici. Malheureusement, la dure réalité de la vie communautaire monastique s'imposa à moi. Avec toute l'innocence de mes 18 ans, j'ai réalisé que j'étais un pur individualiste, alors j'ai foutu le camp du monastère huit mois plus tard. Dans mon cas, *cucullus non facti monachum…* l'habit ne fait vraiment pas le moine, comme on dit.

— Et depuis ? demanda Dubuc.

— Depuis ? Bof, j'ai fait carrière dans l'enseignement, le latin et le grec surtout, dans des collèges privés un peu partout au Québec et en Ontario. J'ai passé 32 ans à enseigner à des ti-culs choyés de naissance les subtilités des textes d'Aristote et de Platon, alors qu'ils s'en foutaient comme de leur mère ! Les jeunes m'avaient d'ailleurs surnommé « Simoneau le Simonac », probablement à cause des crises de nerfs que je leur piquais régulièrement pour m'éviter d'être lobotomisé à l'asile Saint-Michel-Archange ! Et quand j'ai finalement eu assez de couilles pour me plaindre de l'ignorance crasse de ces gamins merdiques, la direction m'a tout simplement foutu à la porte. Exit, le Simonac !

Dubuc ne pouvait s'empêcher de sympathiser avec le triste sort du libraire, mais son enquête revenait le hanter.

— J'ai remarqué que toute la vie au monastère du Précieux-Sang semble réglée au quart de tour, de sorte qu'il me semble terriblement difficile pour un étranger, et encore plus pour la police, de pénétrer cette société parallèle pour mener une enquête criminelle. Est-ce que je me trompe ?

Georges-Henri Simoneau avait rapporté des biscuits à la farine d'avoine qu'il mâchouillait bruyamment tout en parlant au policier.

— Mouais, vous avez plutôt raison. Ça carbure dans un monastère comme dans une ruche d'abeilles, mon cher Monsieur ! Le travail manuel des moines vient s'insérer entre les heures de prières. Vous savez, toute leur journée est organisée autour des offices : les matines en pleine nuit, les laudes au lever du jour, la tierce en avant-midi, la sexte à midi, la none en après-midi, les vêpres au souper et les complies en soirée. Debout à quatre heures du matin et dodo à neuf heures du soir. Et le lendemain, on recommence !

— C'est peut-être juste une impression, mais j'ai remarqué que le supérieur de la communauté, l'Abbé Bernard, semble avoir beaucoup d'autorité sur les moines, continua Dubuc.

Georges-Henri Simoneau approuva avec un sourire en coin.

— Ah ça, vous n'avez pas tort. L'Abbé est chargé d'appliquer à la lettre la constitution du monastère, qu'on appelle communément la règle de Saint-Benoît. Il s'agit d'un texte datant du Moyen Âge et qui régit dans les moindres détails la vie quotidienne des moines. Un monastère est un monde complexe, vous savez, et chacun doit y trouver sa place selon ses dispositions et ses talents. En appliquant la règle monastique dans toute sa rigueur, le supérieur de la communauté s'assure de l'obéissance aveugle de ses moines.

— Vous avez dit « obéissance aveugle » ? nota Dubuc.

— Tout à fait, répondit le libraire. *Personne ne résiste à l'Abbé...*

* *

*

Vendredi en milieu d'avant-midi, Denis Rochon était assis dans la petite salle d'interrogatoire du poste de la Sûreté du Québec à Chesterville. Dubuc était debout devant lui, se faisant craquer les jointures, tandis que Lucien se tenait près de la porte, les bras croisés.

— Mais j'ai rien à voir avec la mort du Frère Adrien, je vous le répète pour la centième fois ! dit Rochon, en martelant du poing la table devant lui.

Dubuc brandit un petit sac de plastique.

— L'analyse de la mâchée de gomme Chiclets que les services techniques ont retrouvée près du cadavre dans la grange démontre hors de tout doute que t'étais sur place, Rochon. Le test d'ADN prouve que c'est

   Un moine trop bavard

ta salive. Alors, arrête de nous prendre pour des totons !

Quand Dubuc s'emportait, le sang pompait dans ses veines comme un volcan et il s'ensuivait souvent une quinte de toux. Lucien s'approcha et lui tendit un verre d'eau. Au milieu des toussotements, Dubuc répéta d'une voix convaincue :

— T'étais... dans... la... grange, Rochon !

L'autre laissa soudain tomber toute défense et sembla se calmer.

— Ok, ok... si vous voulez le savoir, j'ai été dans la grange, mais c'était deux jours avant le meurtre ! Je m'étais complètement saoulé la gueule et quand je suis arrivé à l'ouvrage, j'ai cherché la bagarre avec les autres employés. Le Frère Adrien s'en est mêlé et m'a foutu à la porte. Quand j'ai dégrisé, j'ai réalisé la connerie que j'avais faite et j'ai voulu m'excuser pour ravoir ma job. J'ai cherché le Frère Adrien partout : au monastère, à la bibliothèque, à la grange, pis je suis même retourné à l'usine, mais il n'était nulle part.

— As-tu des témoins pour confirmer ta version des faits ? demanda Lucien. Quelqu'un qui t'a vu, qui t'a parlé ?

— Pour vous dire la vérité, j'avais ben trop pogné les nerfs pour remarquer si quelqu'un m'avait vu.

— C'est ça ton alibi ? demanda Dubuc. T'arrives à ta job saoul comme une botte, tu cherches la bagarre, pis tu te fais sacrer à la porte. Ensuite, t'essaies de retrouver ton ancien boss pour lui lécher les bottines, mais personne peut témoigner en ta faveur. Ça regarde pas trop bien pour toi, Rochon. Reste à Chesterville pour l'instant, veux-tu. Et si j'étais toi, je réserverais pas trop vite mes vacances à Acapulco avec ma « chatte en chaleur ». *Comprende, amigo* ?

Denis Rochon sortit de la salle d'interrogatoire complètement démoli et disparut.

— Voulez-vous que je le tienne à l'œil dans les prochains jours ? demanda Lucien.

— Pourquoi ?

— C'est un suspect sérieux, non ?

— Pas du tout. À mon avis, Rochon n'a rien à voir dans la mort du Frère Adrien.

Son collègue écarquilla les yeux d'étonnement.

— Mais... la mâchée de gomme avec son ADN dessus ?

— Je l'ai ramassée dans un cendrier en arrivant au bureau ce matin. J'avais remarqué que Rochon mâchait des Chiclets à sa job l'autre jour, et il me fallait un prétexte pour l'amener ici et porter des accusations contre lui. Vois-tu, je suis de plus en plus convaincu que le meurtre du Frère Adrien a été commis par quelqu'un de *l'intérieur* du monastère, ce qui éliminerait évidemment Rochon. Mais pour éviter d'éveiller trop la méfiance de l'Abbé Bernard et des autres moines, ça ferait mon affaire que Rochon reste le principal suspect pendant quelques jours. Question de gagner un peu de temps...

— Vous croyez vraiment qu'il n'est pas...

— Écoute, on n'est jamais sûr de rien, Lulu. Tu l'as vu comme moi, ce gars-là est un violent et surtout un impulsif. Mais je ne pense pas qu'il soit notre homme. Le meurtre du Frère Adrien peut sembler improvisé, mais ça reste à prouver. Qui nous dit que quelqu'un ne l'attendait pas dans la grange ?

Lucien s'étira le cou dans le corridor.

— Tiens, voilà justement Manon qui vient aux nouvelles. Allez-vous lui faire avaler votre petite mise en scène ?

Dubuc baissa la tête d'un air contrit et s'assit derrière son bureau.

— Pas le choix mon vieux. *The show must go on!* Fais-la entrer.

*   *

*

Manon Pouliot entra d'un air résolu et se laissa tomber sur la chaise devant lui. Lucien s'effaça à son arrivée. Les deux policiers connaissaient sa façon de procéder. Elle était venue chercher de l'information sur Denis Rochon et ne comptait pas repartir les mains vides.

Elle sortit son carnet de notes et demanda sans plus de préambule :

— J'ai vu sortir Rochon d'ici en arrivant. Il avait l'air complètement assommé, le pauvre gars. Vous avez du nouveau à son sujet ?

Fidèle à son habitude quand la situation devenait tendue, Dubuc tentait de banaliser les événements. Il croisa les mains derrière la nuque, allongea les jambes sous son bureau et jeta un coup d'œil à l'horloge murale.

— Pffff... j'ai rendez-vous chez le coiffeur tantôt. Manon, trouves-tu que je devrais me faire enlever du gris ? Surtout là, sur les côtés. Florence me disait justement que...

Malheureusement pour lui, la journaliste avait appris à reconnaître les méthodes de Dubuc et savait qu'il utilisait habilement l'art de la diversion pour la déconcentrer.

— Oubliez le coiffeur, Florence et tout le bataclan ! Alors, je répète : Rochon, c'est sérieux ou pas ?

Constatant que sa manigance tombait à plat comme une crêpe, Dubuc revint à l'entrevue.

— Bof, Rochon est évidemment un suspect, faut pas s'en cacher. Mais je tiens à préciser que c'était un interrogatoire de routine seulement. D'ailleurs, il est reparti sans que...

— Sergent...

— ... nous ayons d'autres preuves pour éclaircir des événements qui, pour l'instant, n'ont pas vraiment été clarifiés depuis cette tragédie qui frappe Chesterville, alors que le...

     Un moine trop bavard

— Sergent Dubuc! insista Manon Pouliot, à bout de patience. Avez-vous bientôt fini de parler avec la langue de bois des politiciens?

Le policier sursauta et se ressaisit. Manon enchaîna :

— Rochon m'a dit que vous l'incriminez avec une simple mâchée de gomme. Vous l'avez trouvée près du cadavre, c'est ça? Avec l'ADN de Rochon dessus? Comment a-t-il réagi?

La journaliste posait une foule de questions sur un ton de plus en plus agressif.

Dubuc se leva brusquement.

— Woh les moteurs, Manon! J'ai pas de boule de cristal, moi, alors un peu de patience! D'ailleurs, la mâchée de gomme pourrait s'avérer une preuve circonstancielle assez accablante pour Rochon. Mais comme je l'ai dit, il n'est pour l'instant qu'une « personne d'intérêt » dans notre enquête. C'est ça que tu devrais écrire dans ta gazette...

Manon redressa brusquement la tête.

— Et depuis quand vous me dites quoi écrire dans ma « gazette »?

Le policier déboucha une canette de Coke diète avec un bruit sec.

— C'était juste une suggestion. Comment va ta mère, Manon?

Mais la journaliste ne l'écoutait plus. Elle se concentrait sur ses notes. Dubuc pensa qu'elle s'efforçait de nouer ensemble les nombreux bouts de fils disparates de l'enquête.

— Donc, si je suis bien votre raisonnement, le meurtrier serait possiblement quelqu'un de *l'extérieur* du monastère. Par exemple, un ancien employé de la fabrique de crucifix comme Denis Rochon, congédié par la victime et revenu se venger.

Dubuc leva les bras en l'air pour l'applaudir.

— Voiiiiilà ! T'as tout compris, *Miss* Einstein ! Félicitations !

Mais Manon n'était pas dupe. Elle se doutait bien que Dubuc tentait de lui vendre une explication prête-à-emporter, dans l'espoir de s'en débarrasser rapidement.

Après un instant, elle poussa un soupir qui en disait long, rangea son carnet dans son sac et se leva.

— En tout cas, il y a seulement un gros trou noir dans votre raisonnement blindé, Sergent Dubuc. Denis Rochon a passé la nuit du meurtre avec quelqu'un. Et même si ce « quelqu'un » était un travesti, son témoignage et sa signature placent Rochon au Motel Épicurien de Saint-Eusèbe cette nuit-là, à au moins trente kilomètres de la scène du crime à Chesterville.

*   *

*

Lundi midi, Dubuc s'affairait à faire réchauffer une portion de pâté chinois au micro-ondes, lorsqu'une femme se présenta au bureau. Elle parlait d'une voix saccadée et le policier nota sa nervosité.

— C'est vous, l'enquêteur chargé du meurtre du monastère ?

Sa visiteuse devait avoir la soixantaine bien sonnée et était vêtue modestement d'une jupe en coton noir et d'un chandail étriqué. Au milieu de son visage fatigué et ridé, seuls ses yeux noirs et perçants semblaient animés d'une flamme intense.

Il la fit asseoir.

— Mon nom est Annette Picard.

Dubuc roula les yeux au plafond et tenta de respirer par le nez.

— Ouais, ouais, j'ai entendu parler de vous, Mme Picard. Vous êtes une voyante qui avez des « visions » à l'occasion. Et aujourd'hui, vous avez décidé de faire profiter la police de votre merveilleux talent, n'est-ce pas ?

La voyante garda la tête inclinée vers le sol, consciente de la forte incrédulité qu'elle suscitait chez le policier.

— Écoutez, depuis le meurtre de ce moine il y a presque un mois, j'ai eu des visions, justement. Toujours la même. Je voyais un jeune homme d'une vingtaine d'années courir sans cesse pour échapper aux moines et à la police.

— Connaissez-vous sa cachette ? demanda Dubuc, avec peu d'enthousiasme.

— Non, car il changeait constamment d'endroit. Je le voyais dans une étable, ensuite dans une grange, dans un caveau du monastère et même dans un arbre. J'ai eu la même vision chaque nuit. Mais depuis la nuit dernière, plus rien. Tout s'est arrêté…

Dubuc s'était levé pour mettre du papier dans le télécopieur du bureau, question de signifier à sa visiteuse que leur rencontre tirait à sa fin.

— Fini les visions, hein ? *Good.* J'imagine que vous allez dormir en paix maintenant !

Annette Picard se leva d'un bond et s'anima soudain. Dubuc pouvait constater qu'elle était devenue très agitée. Elle gesticulait des bras devant lui.

— Mais vous ne comprenez pas, Sergent ! Si ma vision a disparu, c'est parce que ce jeune homme est mort. *Il est mort*, je vous dis !

Les éclats de voix de la voyante attirèrent Lucien, qui se pointa dans le bureau de Dubuc.

— Des ennuis, Roméo ?

Dubuc retourna s'asseoir derrière son bureau.

— Pas du tout. Madame Picard allait justement partir, n'est-ce pas Madame ?

La voyante dévisagea les deux policiers et sortit en coup de vent.

Lucien la regarda disparaître dans le corridor.

— C'était qui ?

— Bof, la folle à Picard ! Madame a des « visions » depuis le meurtre et prétend que Zacharie est mort. Elle devrait arrêter de boire du café fort après 9 heures du matin, si tu veux mon avis !

Lucien s'assit sur le coin du bureau de Dubuc et réfléchit à voix haute.

— Vous savez, elle n'a peut-être pas tort. C'est une possibilité à envisager...

Dubuc échappa presque la gigantesque portion de pâté chinois qu'il venait de déposer dans son assiette.

— Lulu, es-tu tombé sur le coco ?

— Le Frère Adrien a été assassiné il y a un mois. Si les moines avaient vraiment voulu retrouver Zacharie qu'ils croient caché sur le domaine du monastère, vous ne pensez pas qu'ils auraient organisé une chasse, une battue ou un truc d'envergure ?

— Mais ils n'ont rien fait, constata Dubuc.

— Justement. Ils n'ont rien fait...

10

Roméo Dubuc transpirait devant le miroir de sa salle de bain. Sa montre indiquait 17 h 40 en ce mercredi soir et Florence l'avait invité à souper à la maison à 18 heures afin de lui présenter officiellement son fils Jean-Thomas. Pour l'instant, le policier se débattait à tenter de faire son nœud de cravate. Simple ? Demi-Windsor ? Windsor ?

Florence l'accueillit gaiement avec un baiser poli sur la joue. Intimidé, Dubuc déposa dans ses bras une gerbe de fleurs.

– C'est… c'est joli chez vous, dit-il en guise d'introduction.

La maison était en effet coquette et agréablement décorée. À droite devant lui, une bûche brûlait dans le foyer du salon, créant une ambiance de détente. Les meubles de bois brun s'harmonisaient aux tons beiges des tapis moelleux. Quelques objets d'art et des toiles rehaussaient les lieux. Dubuc dut constater que Florence avait décidément beaucoup de goût non seulement pour les vêtements, mais aussi pour la décoration intérieure.

— Venez à la cuisine que je vous présente mon grand garçon !

Elle lui prit la main et l'entraîna vers le fond de la maison. Un agréable fumet de pot-au-feu envahit soudain les narines du policier.

— Jean-Thomas, je te présente Roméo.

Le policier allongea le bras vers le garçon de 22 ans assis à la table, qui lui tendit une main molle.

— Salut…

Florence réagit.

— Jean-Thomas, je t'en prie, mon grand ! Tu m'as promis d'être plus poli avec les gens. C'est gênant pour moi…

Dubuc agita les mains devant lui.

— Pas d'offense, vraiment.

Pendant que Florence s'affairait à ses chaudrons, Jean-Thomas gardait les yeux dans son assiette et jouait avec une mèche de cheveux, avec cette façon d'être présent, sans vraiment en avoir l'air. Sa mère lui posait des tas de questions sur sa journée, auxquelles il répondait par des monosyllabes la plupart du temps. Dubuc devinait que le jeune homme aurait préféré être à cent lieues d'ici ce soir, mais qu'il avait probablement cédé aux exigences de sa mère. Le policier tenta de susciter la conversation.

— Qu'est-ce que tu fais de bon ces temps-ci, Jean-Thomas ?

Il leva légèrement la tête.

— Ben là, je travaille, genre, à temps partiel à la librairie Au plaisir de relire.

Dubuc poursuivit :

— J'ai justement rencontré le propriétaire, Georges-Henri Simoneau. Ton travail est intéressant ?

— Ouais, pis le proprio me fait un bon prix sur les livres usagés. C'est *full correct* de sa part.

Dubuc continua :

— Es-tu toujours aux études ?

— Ouais.

Derrière ses chaudrons, sa mère l'encourageait à parler.

— Comme c'est là, j'ai pris un cours de philo au cégep sur les Postaristotéliciens.

Dubuc leva les yeux au plafond. La soirée s'annonçait longue…

— Les quoi ?

Jean-Thomas s'empara d'un morceau de baguette française que sa mère venait de déposer sur la table et le recouvrit de beurre.

— C'est les philosophes les plus *top shape* qui ont suivi Aristote, pis qui ont développé, genre, le stoïcisme, l'épicurisme, le scepticisme pis le néoplatonisme.

Dubuc se rua sur le panier de pain à son tour.

— Bout de chandelle, ça doit… ça doit être intéressant !

Jean-Thomas parla la bouche pleine.

— Pas vraiment. Ça pourrait l'être, sauf que le prof est poche au superlatif !

Au grand soulagement de Dubuc, Florence déposa enfin les assiettes de pot-au-feu sur la table et leur versa du vin. Une musique légèrement jazzée jouait en arrière-plan.

Le policier se rappela soudain que l'adolescent avait beaucoup voyagé.

— Dis donc, ta mère me racontait l'autre jour que t'aimes les voyages. As-tu déjà visité l'Australie ?

— L'Australie ? Ouais, mais juste deux jours. On a eu un p'tit accroc...

Florence jugea bon d'ajouter :

— Un petit accroc ? Tu peux le dire franchement à Roméo, mon grand, qu'un de tes amis s'est fait pincer avec de la marijuana dans son sac à dos !

Jean-Thomas fit la moue.

— Ben, d'abord, c'était pas vraiment mon ami, Mom'. On voyageait quatre gars ensemble, pis on avait rencontré Andy la semaine d'avant à Jérusalem dans un café Internet. C'était un Américain assez *cool* et comme il connaissait bien l'Australie, on l'a pris avec nous autres. Si on aurait su qu'il voyageait avec du pot sur lui...

— Si on avait su, Jean-Thomas, corrigea Florence. On dit « si on avait su ».

Le souper se poursuivit à trois, jusqu'à ce que la sonnerie du cellulaire de Jean-Thomas lui permette de filer. Il sortit peu après pour aller chez un ami. Dubuc et Florence en profitèrent pour passer du temps ensemble au salon, blottis l'un contre l'autre devant l'âtre. La lumière tamisée, ils se murmuraient des choses à l'oreille, riant parfois aux éclats de tout et de rien. Leurs lèvres se cherchaient et finirent par se rencontrer longuement.

Vers 23 heures, Dubuc se leva à contrecœur.

— Je ferais mieux de partir. Jean-Thomas va rentrer bientôt.

Florence cligna des yeux et consulta sa montre.

— Il est probablement au bar Le Spot avec son ami.

Dubuc la quitta, mais resta quelques minutes debout, immobile près de son véhicule, dans la fraîcheur de cette fin de soirée. À travers les draperies du salon, il pouvait discerner la silhouette de Florence, qui apercevait aussi la sienne dans l'obscurité.

Si elle lui avait demandé de rester cette nuit-là, il aurait accepté…

* *
*

En milieu d'après-midi vendredi, Dubuc et Lulu garèrent la voiture de police près de la grille du monastère et hâtèrent le pas. Le Frère Cyrille ouvrit la porte principale.

— Du nouveau sur l'enquête, Messieurs ? fit-il en allongeant le cou dans leur direction.

— On doit parler au cuisinier Frank Gélinas, fit Dubuc, déjà essouflé.

— À cette heure-ci, il dort probablement
dans sa roulotte.

Les deux policiers arrivèrent quelques
minutes plus tard en vue de l'endroit. Dubuc
s'approcha, suivi de Lucien. Il frappa quelques
bons coups sur la porte.

— Monsieur Gélinas, ouvrez ! Sûreté de
Chesterville !

L'instant d'après, Gélinas ouvrit la porte et
toisa les deux hommes.

— Que c'est que vous me voulez encore ?
J'étais en train de piquer mon somme de
l'après-midi. Pas facile de faire à manger pour
une tribu de moines affamés. Faut se lever à
quatre heures et demie tous les matins !

— On est venus fouiller la roulotte ! fit sèchement Dubuc.

— Avez-vous un mandat ? demanda le cuisinier sur la défensive.

Dubuc exhiba le document sous ses yeux
et lui demanda de sortir. Les deux policiers
entrèrent et firent méthodiquement le tour des
lieux, pendant que Frank Gélinas les apostrophait à l'extérieur.

— Si vous cherchez mes trois millions de
dollars, je les ai malheureusement oubliés
au casino ! cria-t-il, cherchant à détendre
l'atmosphère.

Dubuc ressortit de la roulotte, suivi de
Lucien.

– M. Gélinas, parlez-nous encore de vos rapports avec le Frère Adrien, avant sa mort.

L'interpellé haussa les épaules.

– J'ai rien de plus à dire que l'autre jour.

Dubuc agita le rapport du coroner devant lui.

– Ah bon. C'est rassurant ! Parce que lorsque mon collègue Lucien Langlois vous a interrogé l'autre jour, vous avez oublié de mentionner que vous empoisonniez le Frère Adrien à petit feu depuis des semaines !

La nouvelle laissa Frank Gélinas bouche bée.

Dubuc en profita pour rappeler les faits : lors de l'autopsie de la victime, le médecin légiste avait signalé des traces de Warfarine dans son estomac, un produit vendu dans les quincailleries comme mort-aux-rats. De plus, le gigot d'agneau que la victime avait chipé dans le frigo du monastère la nuit du meurtre contenait aussi des traces de ce poison.

Dubuc s'approcha du visage du cuisinier, jusqu'à respirer sa mauvaise haleine. Dépassant Frank Gélinas d'une tête, il murmura entre ses dents :

– Les boulettes de Warfarine contiennent un produit chimique qui empêche le sang de coaguler chez les rats et ils meurent d'hémorragie interne. C'est la même chose qui était en train d'arriver au Frère Adrien. L'autopsie a constaté que son sang était devenu liquide comme de l'eau et ne coagulait presque plus.

À la moindre coupure, il risquait de saigner comme un porc sans qu'on puisse arrêter l'hémorragie. Les saignements internes avaient déjà commencé, puisqu'on a relevé la présence de sang dans ses selles et dans son urine. D'après le médecin légiste, quelques semaines de plus et le Frère Adrien aurait succombé à une hémorragie interne massive. Voulez-vous savoir ce que je pense, M. Gélinas ?

Le cuisinier baissa la tête. Dubuc poursuivit.

– Je pense que vous avez constaté que la mort-aux-rats agissait trop lentement à votre goût. Alors, vous êtes devenu impatient et vous avez décidé de procéder autrement, en recourant aux bonnes vieilles méthodes : d'abord poignarder, puis étrangler le Frère Adrien à l'étable ! Et comme vous saviez qu'il irait au bout de son sang, c'était la mort assurée pour la victime !

Le cuisinier parlait maintenant d'un ton terrorisé.

– Ok, ok, je vais pas le nier, c'est certain que je voulais le tuer, le Frère Adrien ! Depuis environ un mois, je laissais tous les soirs un gigot de viande et un dessert appétissant arrosés d'un peu de mort-aux-rats bien en vue dans mon frigo à la cuisine du monastère. Pour le piéger. Et chaque soir ou presque, le Frère Adrien venait chiper la nourriture en pleine nuit !

Lucien toisa le cuisinier d'un air méprisant.

— Empoisonner un moine qui vole de la nourriture! Vraiment, vous étiez prêt à tuer quelqu'un pour ça? C'est dégoûtant!

Frank Gélinas leva les yeux vers les deux policiers. L'incrédulité se lisait dans son regard.

— Mais, vous n'avez rien compris! Le Frère Adrien méritait de mourir. Il a détruit ma vie!

*   *
*

Le libraire Georges-Henri Simoneau s'affairait à placer des livres usagés sur le rayon le plus élevé d'une étagère lorsque la clochette tinta. Quelqu'un entra. Perché au haut de son escabeau, le libraire s'apprêtait maladroitement à descendre, mais son visiteur fut plus rapide et surgit près de lui l'instant d'après. En l'apercevant, il resta perché en haut de l'escabeau et lança :

— C'est vendredi et j'allais justement fermer! Si vous voulez...

Le visiteur consulta sa montre.

— Déjà, mais il n'est même pas quatre heures, M. Simoneau.

— Je... j'ai des courses à faire.

— Cela fait deux fois que vous rencontrez le sergent détective Dubuc en quelques jours. À quel sujet exactement?

Georges-Henri Simoneau se savait coincé sur la quatrième marche de son escabeau.

– Euh… vol de bouquins. La police a ouvert une enquête.

– Vous mentez ! répliqua l'individu. Dubuc est affecté aux affaires criminelles. Il n'enquêterait pas sur un vulgaire vol de livres !

Sur ces mots, l'homme saisit rudement l'escabeau et le secoua. Malgré sa forte corpulence, Georges-Henri Simoneau tenta de s'agripper du mieux qu'il le put aux rayons de la bibliothèque au-dessus de sa tête.

– Hééé… faites attention, j'ai le vertige moi ! D'accord, d'accord : Dubuc m'a demandé certaines informations pour l'aider dans son enquête sur la mort du Frère Adrien.

L'homme opina de la tête.

– Quel genre d'informations ?

– Des informations banales sur le mode de vie des moines, leurs habitudes, l'organisation de leur société, des trucs du genre. Rien de vraiment génial, je vous assure. Dubuc essaie de comprendre comment fonctionne un monastère, pour être en mesure de faire son enquête.

L'autre se rapprocha de l'escabeau.

– Je vous conseille de vous tenir loin de la police…

Georges-Henri Simoneau approuva.

– Ah, mais je n'ai pas…

Le malheureux n'eut pas le temps de terminer sa phrase. L'homme poussa rudement l'escabeau et Georges-Henri Simoneau sembla planer quelques instants dans les airs, avant d'atterrir lourdement sur le plancher de sa librairie dans un hurlement de douleur.

L'individu repartit aussi discrètement qu'il était venu.

*　*

*

— Le Frère Adrien a détruit ta vie ? demanda Dubuc, d'un air incrédule.

Le cuisinier Frank Gélinas hocha la tête.

— Difficile à croire, hein, qu'un « homme de Dieu » puisse causer tant de malheur et de souffrance. Mais si vous le savez pas déjà, le Frère Adrien était docteur avant de devenir moine. Il s'appelait Maurice Vaillancourt et pratiquait la médecine générale à Joliette. Il y a plusieurs années, mon fils Patrick avait fait une mauvaise chute en compétition de moto aux États-Unis. Il a attendu son retour ici pour voir un médecin. Le Dr Vaillancourt avait diagnostiqué que la gangrène s'était propagée dans sa jambe droite et l'a amputée. En réalité, c'était juste une infection bactérienne qui aurait pu guérir en quelques semaines avec des antibiotiques. Dans les mois qui ont suivi, mon fils est devenu dépressif et s'est suicidé. Il avait 24 ans et il était toute ma vie !

— Erreur médicale, comme il en arrive malheureusement trop souvent, fit Dubuc à mi-voix.

— Oui, sauf que le Dr Vaillancourt était
en boisson le soir où il a décidé d'amputer la
jambe de mon fils. C'est ça qui est vraiment
impardonnable !

— Alors, vous avez décidé de vous faire
justice et de tuer le Dr Vaillancourt ? demanda Lucien.

— Pour ça, il aurait fallu que je sache où il
se cachait, l'enfant de chienne ! Mes sources
m'avaient informé qu'il avait quitté l'Estrie
pour aller pratiquer quelque part au Kentucky
après son erreur médicale. Il voulait peut-être
brouiller les pistes. Sa tactique a réussi, parce
que ça m'a pris plusieurs années avant de découvrir qu'il n'était jamais parti aux États-
Unis, mais qu'il avait tout simplement changé
de nom en entrant dans les ordres au monastère du Précieux-Sang de Chesterville.

Dubuc poursuivit son raisonnement :

— Quand vous l'avez appris, vous avez ob-
tenu une job de cuistot au monastère pour
vous rapprocher de votre future victime, c'est
ça ? Ça expliquerait pourquoi vous avez laissé
votre poste de sous-chef dans un grand restaurant de Montréal pour vous retrouver comme cuisinier mal payé dans un monastère au
fond de l'Estrie !

Frank Gélinas acquiesca.

— Exact. Et rien ne me faisait plus plaisir que de saupoudrer chaque soir un peu de
mort-aux-rats sur un gigot de viande dans le
frigo, en espérant que le Frère Adrien vienne

chiper de la nourriture en pleine nuit. Je le faisais avec autant de plaisir que pour un rat ! Le tuer à petites doses, pour qu'il ressente la douleur qu'il a causée à mon fils Patrick, puis, disparaître de la région dès l'apparition des premiers signes sérieux d'hémorragie interne. C'était ça mon plan pour tuer le Frère Adrien.

Le cuisinier Frank Gélinas cessa de parler. Puis, il ajouta :

— Malheureusement, on dirait que quelqu'un m'a devancé...

11

En matinée lundi, le Frère Charles frappa doucement à la porte du bureau de l'Abbé Bernard. Le supérieur du monastère du Précieux-Sang ouvrit avec une nervosité évidente.

— Ah, vous voilà enfin. Entrez vite !

Il referma prudemment la porte derrière lui.

Les deux religieux parlaient à voix basse. Le Frère Charles sortit des documents d'une enveloppe brune.

— Tenez. Tout est prêt pour le départ de Zacharie aux États-Unis. J'ai ici les papiers qui confirment son admission à la clinique Rutherford de Cincinnati, dans l'Ohio, une clinique privée qui a fait des dons généreux à notre maison-mère par le passé. Zacharie sera pris en charge par le Dr Wilfred Stanman, un psychiatre renommé dans le traitement des personnes comme lui. Il sera aussi régulièrement visité par des membres de notre communauté de Cincinnati, qui nous feront parvenir des rapports sur l'évolution de son état.

L'Abbé Bernard écoutait attentivement les explications de son confident. Mais ce qu'il avait entendu jusqu'ici ne calmait pas son anxiété.

— Très bien. Mais nous ignorons toujours où se cache Zacharie…

Le Frère Charles esquissa un mince sourire.

— Ne vous en faites pas. Je crois avoir trouvé la solution pour qu'il sorte de sa cachette à temps.

L'Abbé approuva, mais resta réticent.

— En supposant qu'on retrouve Zacharie, comment s'assurer qu'il ne parlera pas à la police ou aux journalistes? Il n'est vraiment pas en mesure de se défendre contre eux, vous le savez.

— J'avais prévu cette question. Le Dr Stanman est un pionnier dans son domaine. Dans les années 80, il a mis au point une technique psychiatrique appelée « la mémoire suggestive », qui lui permet en quelque sorte « d'effacer » certains épisodes gravés dans la mémoire d'une personne, pour les remplacer par d'autres épisodes sélectionnés par le chercheur.

L'Abbé Bernard prit un ton méfiant.

— Êtes-vous en train de dire que ce chercheur peut, d'une certaine façon, « reprogrammer » la mémoire d'un individu? Un peu comme si on effaçait du texte sur une cassette pour le remplacer par autre chose? Si c'est le cas, cela ressemble drôlement aux méthodes déplorables de la CIA américaine dans les années 50 !

— Vous n'avez pas complètement tort, dut admettre le Frère Charles. Le Dr Stanman a travaillé plus de 20 ans pour la CIA avant d'œuvrer en milieu hospitalier. Nos collègues du monastère de Cincinnati m'ont indiqué que les tentatives d'application systématique de « la mémoire suggestive » sur une population élevée de patients avaient échoué. Cependant, il semble que certaines applications individuelles connaissent du succès, pourvu que le patient soit fortement soumis à l'autorité et peu critique en général, ce qui semble correspondre très bien au profil de Zacharie.

— Bon, dans ce cas, le jeu en vaut effectivement la chandelle, constata l'Abbé Bernard. Mais je vous le répète, nous ne pouvons pas laisser Zacharie raconter ce qu'il aurait vu dans la grange le soir du meurtre, car il est trop influençable et cela pourrait se retourner contre nous. Sans compter que nous ferons d'une pierre deux coups : nous soustrairons ce garçon des mains de la police et des journalistes locaux et nous prendrons des mesures pour stabiliser son comportement émotif. J'espère que c'est la bonne décision...

*   *

*

Le mardi matin, Dubuc se présenta au troisième étage de l'Hôpital général de Chesterville et interrompit une infirmière qui parlait à un médecin.

— Pardon, je cherche Georges-Henri Simoneau.

— Chambre 314, au bout du corridor, répondit l'infirmière.

Dubuc pressa le pas et entra dans la chambre. Le libraire était dans son lit, le bras gauche en écharpe et quelques contusions au visage et sur le torse. Il semblait visiblement ébranlé par les événements.

— Dites donc, fit Dubuc. J'ai appris que vous aviez eu un malencontreux accident. Qu'est-ce qui s'est passé ?

Georges-Henri Simoneau agrippa maladroitement ses lunettes sur la table de chevet et les glissa sur son nez. Sa chevelure était encore plus broussailleuse qu'à l'habitude. Ses gestes étaient lents et il répondit d'une voix pâteuse.

— Ah, c'est vous Dubuc. Ces maudits médicaments m'alourdissent les neurones. D'ailleurs, j'ai mon voyage de cet hôpital de fous ! On m'a laissé poireoter dans le corridor presque huit heures avant de me trouver une chambre. Vous trouvez ça normal, vous ? Je devrais écrire à mon député, si seulement il avait des couilles, l'enfant de nananne ! Donnez-moi l'étui métallique sur la table près du lit, voulez-vous. Ce sont mes cigarettes…

   Un moine trop bavard

Les jérémiades du Simonac permirent au policier de constater que son tempérament bougon habituel se portait bien.

— Je vois que vous avez des bleus un peu partout, fit Dubuc.

En dépit de sa forte corpulence, l'autre tenta de se redresser dans son lit.

— Aidez-moi, voulez-vous. Les savants disciples d'Hippocrate qui se disent médecins jurent que mon excédent de poids a servi à amortir ma chute. En d'autres mots, Dubuc, ma couche de graisse m'a servi de coussin gonflable, m'évitant de me casser le cou lors de ma descente vertigineuse ! Un stupide accident, d'ailleurs. J'étais en haut de mon échelle, comme maître corbeau perché au sommet de son arbre, lorsque j'ai soudain perdu pied pour m'affaisser de toute ma vieille carcasse sur le plancher humide et poussiéreux de ma librairie !

Dubuc répliqua :

— J'ai parlé à l'un des ambulanciers qui vous a amené ici hier. Il disait que votre chute semblait bizarre. Alors, je suis retourné ce matin sur les lieux de votre accident.

Georges-Henri Simoneau se raidit soudain et répliqua d'un ton sec :

— Les ambulanciers devraient se mêler de leurs affaires. Ça veut dire quoi ça, « bizarre » ?

Pour toute réponse, Dubuc se leva de sa chaise, alla au bout du lit où se trouvait un petit tabouret et monta dessus. Il faisait maintenant face, debout, à Georges-Henri Simoneau, à environ un mètre du plancher.

— Regardez-moi bien, fit le policier en courbant l'échine. Si l'échelle tombe soudain vers la droite, comme c'est arrivé à votre librairie, vous pouvez dégringoler de deux façons. Premièrement, si vous réalisez trop tard votre chute, c'est l'échelle qui vous entraîne avec elle dans sa descente vers la droite et vous tombez par terre du même côté, comme ceciiiiiiiiii… vous me suivez ?

— Comme un troupeau de moutons, répondit le libraire.

— Par contre, continua Dubuc, si vous réagissez pendant que l'échelle tombe vers la droite, en vous agrippant à l'étagère, par exemple, l'échelle tombera à droite, comme celaaaaaaaa… mais vous tomberez plus à gauche, c'est d'accord ?

— Logique, ajoute Georges-Henri Simoneau.

Satisfait de sa démonstration, Dubuc descendit du tabouret et vint s'asseoir sur le bord du lit.

— Le problème, M. Simoneau, c'est qu'on vous a retrouvé étendu sur le plancher, mais beaucoup plus à gauche de l'échelle qu'une chute normale l'aurait permis.

— Ce qui veut dire ? demanda le libraire d'un ton inquiet.

— Que votre chute répond à la première loi de la mécanique physique : action-réaction. Si vous êtes tombé beaucoup trop à gauche, c'est parce que votre échelle est tombée beaucoup trop à droite.

— Et alors ?

— La seule explication possible, c'est que votre échelle a violemment été poussée vers la droite, M. Simoneau. Quelqu'un l'a poussée...

Le libraire éclata de rire.

— Aha ! Elle est bien bonne celle-là, Dubuc. Si je n'étais pas dans des douleurs atroces, j'en rirais à gorge déployée pour le reste de la journée ! Vous devriez aller faire vos singeries de clown pathétique au Festival Juste pour rire, vous auriez un succès fou !

Le policier se leva et se dirigea vers la porte. Il se retourna soudain d'un air préoccupé.

— Quelqu'un a poussé l'échelle, M. Simoneau. Un moine, peut-être ?

— Foutez-moi le camp d'ici ! hurla Georges-Henri Simoneau, dans un début de crise d'asthme.

* *

*

Le lendemain matin, Dubuc gara discrètement sa voiture à bonne distance du monastère, sur la route étroite qui y menait. Sa montre marquait 8 h 10. Lorsqu'une Toyota Tercel blanche passa à sa hauteur, il la prit en chasse. C'était celle de Nadia Vigneault, qui venait de terminer son quart de nuit. Il actionna les gyrophares et rattrapa l'employée de la buanderie un demi-kilomètre plus loin, alors qu'elle se rangea sur l'accotement. Dubuc gara sa voiture derrière celle de Nadia, vint la trouver et s'assit à côté d'elle.

Elle prit un air exaspéré.

— Vous m'attendiez, on dirait. C'est l'heure de ma rencontre d'espionnage ?

Dubuc éclata de rire.

— Ben non, voyons, je viens juste te piquer une jasette matinale. Tiens, j'ai même apporté deux cafés Tim Hortons pour te montrer mes bonnes intentions. Un lait, deux sucres, exactement à ton goût !

Dubuc profita de l'effet de surprise pour passer à l'action.

— Dis donc, j'ai une connaissance à moi à Chesterville qui s'est fait tabasser, probablement par un moine. Je n'en suis pas certain, mais j'ai l'impression que c'est le cas. Ça m'a étonné, parce que je ne pensais pas qu'ils pouvaient sortir du monastère, ces moineaux-là…

— Premièrement, les moines du monastère du Précieux-Sang ne sont pas des « moineaux » et ils ne sont pas cloîtrés, corrigea Nadia, soudain de meilleure humeur avec sa tasse de café. Ils sont confinés à vivre sur la propriété, c'est différent. Vous ne les verrez jamais se promener à Chesterville, c'est certain, ça ne fait pas partie de leur mode de vie.

— Quelques-uns, quand même ?

— Eh bien, il arrive que l'Abbé Bernard sorte du domaine pour remplir ses fonctions officielles ou protocolaires et le Frère Dominique fait les achats pour le monastère. Vous avez dû le croiser à Chesterville, il circule un peu partout en bicyclette. Un moine en soutane sur une bécane, ça ne passe pas inaperçu !

— Aussi inaperçu que la Sœur volante ! Il va souvent en ville ?

— Quelques fois par semaine, je pense. Et toujours à bicyclette.

— Il transporte ses paquets avec lui ? demanda Dubuc, intrigué.

— La plupart du temps, il fait livrer ses achats au monastère. Étant donné qu'il commande en grosses quantités pour les moines, les marchands locaux livrent gratuitement.

Dubuc fit une pause avant d'ajouter.

— Et le Frère Hubert, le petit gros qui a remplacé le Frère Adrien comme contremaître d'usine. Tu peux m'en parler ?

Le policier vit Nadia incliner la tête et se mordre la lèvre inférieure.

— Je... j'aimerais mieux pas.

Dubuc se raidit. Il sentait que Nadia avalait de travers. Il préféra banaliser la situation pour éviter de compromettre ses bons rapports avec la buandière.

— Ok, je ne veux pas te causer d'ennuis avec le monastère. Merci pour les renseignements.

Il ouvrit la porte de la voiture pour tenter de s'extirper difficilement de cet espace restreint lorsque Nadia lui saisit soudain le bras avec une fermeté qui l'étonna.

— Attendez ! Je n'ai jamais raconté cette histoire-là à personne avant. Jamais. Même pas à ma pauvre mère. Si elle savait, elle en mourrait !

Dubuc referma la porte et s'immobilisa. Nadia parlait avec des soubresauts dans la voix. Il savait trop bien que lorsqu'un témoin ou un suspect avait franchi une certaine barrière psychologique, les émotions enfouies remontaient à la surface et déferlaient avec la vigueur d'un tsunami. Dubuc vit dans le regard de Nadia Vigneault que ce moment-là était arrivé…

— Il y a environ deux ans, le Frère Hubert avait pris l'habitude de circuler dans les corridors du monastère la nuit. Il allait en contemplation à la chapelle et revenait à sa cellule quelques fois par nuit. Souvent, il s'arrêtait pour jaser avec moi quand il passait devant la buanderie. C'était un moine assez agréable, je dois le dire. Toujours de bonne humeur et blagueur, il me faisait la conversation. De mon côté, je venais de casser avec mon chum de l'époque, après quatre ans de fréquentation. J'étais déprimée de passer chaque nuit toute seule comme un chien dans mon petit local bruyant.

— Le Frère Hubert est arrivé au bon moment on dirait, suggéra Dubuc.

   Un moine trop bavard

– C'est certain. Une chose mena à une autre et après quelques semaines, on a couché ensemble.

– Dans sa cellule ?

– Oh non ! J'aurais jamais pu faire ça en dessous d'un crucifix, voyons, j'ai quand même été élevée dans la religion catholique ! On s'installait plutôt dans la petite remise derrière la buanderie, la porte fermée à clé. Le bruit des machines couvrait facilement nos voix.

– Ça a duré longtemps ?

– À peu près six mois. Jusqu'à ce que je tombe enceinte de lui.

Dubuc sentait mille questions lui surgir à l'esprit, mais se contenta d'encourager la buandière à poursuivre son récit.

– Quand je lui ai annoncé la nouvelle, le Frère Hubert m'a immédiatement demandé de me faire avorter. Puis, une semaine plus tard, il a changé d'avis comme ça. On aurait dit qu'il avait soudain réalisé qu'un descendant allait lui survivre en dehors des murs du monastère. Un héritier qui était le prolongement de sa chair et de son sang. Alors, il a carrément changé d'attitude. Il est devenu plus gentil envers moi, me disant de faire attention en soulevant des paniers de linge, des trucs du genre.

– Vous avez eu cet enfant ?

– Non. Malgré toutes les belles promesses du Frère Hubert, qui me disait que sa famille assez riche mettrait de l'argent de côté pour l'éducation de notre enfant, quelque chose me retenait. Je me suis fait avorter au troisième mois.

— La décision a dû bouleverser le Frère Hubert.

Nadia fit une pause et releva la tête. Son regard était maintenant embrouillé.

— Pas bouleverser, Sergent Dubuc. Plutôt enrager ! Le Frère Hubert est devenu comme fou de rage. Un soir, il m'a plaqué les épaules au mur dans la buanderie et ses yeux crachaient le feu. J'avais vraiment l'impression qu'il allait m'étrangler ! Mais ce qui l'avait enragé le plus, c'est que l'avortement avait été pratiqué en secret par le Frère Adrien.

Dubuc siffla un bon coup.

— Qui avait été médecin avant d'entrer au monastère. Quels ont été les rapports entre ces deux moines par la suite ?

— Pas très bons, vous vous en doutez bien. En privé, le Frère Hubert ne s'est jamais gêné pour déblatérer contre le Frère Adrien et j'ai même déjà entendu des menaces à son sujet.

— Et en public ?

— Ah ça, c'est une autre histoire. La plupart des fonctions ecclésiastiques et sociales des moines sont supervisées par l'Abbé Bernard, qui gère son monastère d'une main de fer et qui n'aurait jamais toléré des chicanes individuelles entre ses moines.

— Est-ce que le Frère Hubert aurait pu aller jusqu'à...

Nadia Vigneault anticipa sa question.

— Je ne crois pas. Malheureusement, le Frère Adrien avait la langue bien pendue et la mauvaise habitude d'aller raconter tous les ragots qu'il entendait. Alors, il est bien possible que quelqu'un ait décidé de lui fermer le clapet pour de bon...

12

Florence Moreau conversait avec un client à l'ouverture de son magasin Confections Au masculin lorsque son fils Jean-Thomas entra. Elle lui fit signe de l'attendre dans l'arrière-boutique et le rejoignit cinq minutes plus tard.

— Tu t'en vas à ton cours de philo du vendredi, mon grand ?

Jean-Thomas se laissa nonchalamment tomber dans un fauteuil en cuir et avait rejeté la tête en arrière pour regarder le plafond.

— Aaaahhh, c'est super poche ! Le prof enseignait la géo avant, tellement nul. Je devrais faire comme Antoine...

— Qu'est-ce qu'il a fait, ton ami Antoine ? demanda Florence pour lui faire la conversation, sans cesser de déplier une pile de chandails tout juste déballés.

— Il a lâché la philo pour s'inscrire à un cours d'accordeur de piano. Ça c'est super *sharp*, Mom' !

Florence laissa brusquement tomber le chandail qu'elle tenait et s'approcha de son fils. Elle lança sur un ton irrité :

— Tu trouves ça « super sharp », toi, Jean-Thomas, de laisser tomber le collège pour devenir accordeur de piano ? Et regarde-moi s'il te plaît quand je te parle !

Le jeune homme tourna nonchalamment la tête vers sa mère.

— Ben quoi, c'est un métier comme un autre, non ?

— Justement, mon grand, si tu voulais, je pourrais t'impliquer encore plus dans la boutique. Tu pourrais apprendre à tenir les comptes et à faire les achats éventuellement. Et un jour, tout ça pourrait t'appartenir. Ça ne t'intéresse pas ?

— Mom', t'es super *cool* là-dedans toi, la guenille. Mais moi, j'ai pas de *feeling* pour ça.

Florence poussa un long soupir de déception. Elle se rapprocha de son fils et lui caressa les cheveux. Son ton était redevenu plus maternel.

— Tu ne réaliseras jamais la chance que tu as, Jean-Thomas. Moi, mes parents n'avaient rien quand j'étais jeune. J'ai acheté cette boutique-là avec l'argent du divorce quand ton père est parti. J'ai tout risqué pour que ça marche bien. Et ça fonctionne. Mais j'ai de la misère à comprendre ton manque d'intérêt et de persévérance dans la vie, même à 22 ans ! Peut-être que je n'aurais pas dû te laisser tout

                          Un moine trop bavard

seul à la maison pendant que je travaillais comme une folle à la boutique. C'est peut-être ma faute ce qui arrive, après tout...

Jean-Thomas vit des larmes couler sur les joues de sa mère. Son cellulaire sonna au même moment.

– *Cool*, c'est Antoine qui m'attend dehors! Faut que j'parte, salut Mom'!

À travers les larmes qui lui obscurcissaient la vue, Florence Moreau vit son fils détaler du magasin comme si le feu était pris...

*   *
*

Vendredi midi, Dubuc roula directement vers le monastère du Précieux-Sang pour interroger l'Abbé Bernard. Quand il fut parvenu à la grille principale, la voix nasillarde du Frère Cyrille lui indiqua qu'il pouvait entrer. Le policier demanda à voir l'Abbé Bernard et le portier l'accompagna jusqu'au bureau du supérieur du monastère.

– Si vous voulez bien patienter un instant, fit le Frère Cyrille, en indiquant à Dubuc l'entrée du bureau. Notre office religieux du midi, la sexte, vient à peine de se terminer. Je vérifie si notre cher Abbé est disponible.

En l'attendant, le policier resta debout, contemplant le dénuement des lieux. Rien sur le plancher, rien sur les murs, sauf cet énorme crucifix noir.

– Vous me cherchiez, mon fils ? demanda le supérieur, en refermant la porte derrière lui.

– Je voulais vous parler de Zacharie, fit Dubuc, en s'installant tant bien que mal sur la chaise de bois inconfortable devant l'Abbé.

Contre toute attente, l'Abbé Bernard plissa les lèvres. C'était un signe d'impatience chez lui, le policier l'avait remarqué à quelques reprises.

– Comme vous le savez, Zacharie est toujours en fuite, malheureusement. Nos recherches pour le retrouver n'ont rien donné jusqu'ici.

Dubuc eut la mèche un peu courte devant une telle réponse. Le ton monta de plusieurs décibels…

– La superficie du domaine du monastère n'est quand même pas celle de la ville de New York, Abbé Bernard ! Zacharie ne peut pas être en fuite éternellement. Tôt ou tard, il va faire une erreur, quelqu'un va le remarquer, il va être retrouvé.

Le moine en chef voyait bien que la tension du policier était palpable. Il joignit les mains et inclina la tête :

– Écoutez, Sergent. Mes confidents et moi avons convenu de laisser Zacharie nous prendre toute la nourriture qu'il désire la nuit à la cuisine du monastère. De cette façon, il sera plus enclin à rester caché dans les environs, plutôt que de s'enfuir à Chesterville, par exemple, ou Dieu sait où ! Pour l'instant, c'est notre façon d'essayer de le contrôler, en attendant de le retrouver.

Dubuc ne répliqua pas, se rappelant soudain que la mère de Zacharie lui avait donné la même réponse lorsqu'il l'avait visitée plusieurs jours auparavant dans le 8e rang de Sainte-Éléonore.

Le policier fouilla dans sa poche et étala quelques photos sous les yeux de l'Abbé.

— Je dois aussi vous parler du Frère Adrien. Voici quelques photos prises lors de l'autopsie. Regardez le petit cercle ici, dans le pli du genou droit. On essaie de savoir ce que représente ce tatou de la grosseur d'un dix cents. Ça vous dit quelque chose ?

Le moine prit les photos. Dubuc nota que son front dégarni s'était perlé de sueur. Il alla rapidement refermer la porte de son bureau et revint près du policier.

— Sergent, avez-vous déjà entendu parler du culte de Baphomet ?

Le policier écarquilla les yeux.

— Le quoi ?

— Le culte de Baphomet, répéta l'Abbé Bernard. Mais laissez-moi revenir un peu en arrière. Vous connaissez évidemment les Templiers, ces moines guerriers du Moyen Âge.

Dubuc dut admettre son ignorance quasi totale.

— Bof, j'ai vu le film *Code Da Vinci* comme tout le monde…

L'Abbé Bernard lui adressa un regard désapprobateur qui en disait long.

— Alors, vous savez peut-être que l'Ordre du Temple, auquel appartenaient les Templiers, était un ordre religieux et militaire fondé à l'époque des Croisades au Moyen Âge. Les Templiers étaient chargés de protéger les pèlerins durant leur séjour en Terre sainte à Jérusalem. Nous sommes au 12e siècle. Au début, on ne comptait que neuf chevaliers, mais quelques années plus tard, ils étaient devenus des milliers, partout en Europe. Puisqu'ils étaient exemptés d'impôts, les Templiers ont rapidement amassé une fortune colossale, notamment grâce aux dons. Mais de plus, ils n'avaient de comptes à rendre à personne, ni au roi, ni aux seigneurs, ni au clergé, seulement au pape.

— Donc, une liberté à peu près totale.

— Oui, et pendant plusieurs années, l'Ordre fut administré avec une main de fer, tout comme un monastère. La règle du moine soldat était simplicité, pauvreté, chasteté et prières. Le Grand Maître était chargé de faire respecter la règle, comme j'essaie de le faire ici même, dans mon monastère. Mais ce pouvoir énorme des Templiers commençait à agacer bien du monde, dont le roi de France de l'époque, Philippe Le Bel. En 1307, la plupart des Templiers de France furent arrêtés le même jour et torturés, voire brûlés vifs sur le bûcher.

— Mais de quoi ont-ils été accusés ?

— Alors, voilà ! répondit l'Abbé Bernard. Au procès des Templiers, les agents du roi les accusèrent de s'adonner à peu près à toutes les formes de perversion et de débauche : homosexualité, sodomie, sorcellerie, cannibalisme, mais surtout abandon de la chrétienté pour former un culte et idolâtrer une figure démoniaque appelée Baphomet, lors de rituels secrets, pervers et décadents.

— Baphomet, vous dites ?

— D'après ce qu'on en sait, le mot « Baphomet » serait une déformation de Mahomet, le prophète le plus connu de l'Islam. Dans les faits, Baphomet est souvent représenté sous les traits d'une tête de bouc barbue, avec des cornes et des ailes. On s'entend mal sur son apparence physique et même sur son existence réelle, mais une chose est certaine : son pouvoir sur les Templiers fut énorme. Beaucoup le vénéraient comme un Dieu, un Sauveur, et se disaient que Baphomet les rendrait riches ! C'est vraiment ce que l'on appelle « vendre son âme au diable », Sergent.

Dubuc tentait de suivre le raisonnement du supérieur du monastère.

— Donc, les Templiers ont été éliminés…

— Officiellement, il y a 700 ans. Le pape Clément V fit une proclamation pour supprimer l'Ordre du Temple.

— Mais pas le culte de Baphomet ?

— Le pape n'avait aucune emprise sur ce culte. D'après ce qu'on en sait, cette organisation s'est perpétuée clandestinement jusqu'à nos jours. Certains disent que le culte de Baphomet n'est qu'une légende, comme celle de Robin des Bois. D'autres affirment que lorsqu'on le croit disparu à tout jamais, le culte semble renaître de ses cendres, comme le Phénix de la mythologie grecque. J'ai personnellement entendu parler de son existence ces dernières années par des collègues dans des monastères en France, en Espagne et en Allemagne, mais j'étais loin de me douter que le culte de Baphomet était actif dans *mon* monastère, ici même en Estrie !

— Tout cela à cause de ce petit tatou dans le pli du genou du Frère Adrien ? s'étonna Dubuc.

— Sachez que ce tatouage représente en fait l'étoile à cinq pointes de David, que l'on appelle aussi un pentagramme, à l'intérieur d'un cercle. Il est souvent utilisé par les adeptes de cultes païens et subversifs. Et c'est le même symbole qui apparaît sur les photos de la victime que vous m'avez montrées, Sergent Dubuc.

Le policier cligna rapidement des yeux, comme pour évaluer ce que le supérieur du monastère venait de lui raconter.

— Et vous pensez que ce culte de Baphomet aurait quelque chose à voir dans…

— Cela me semble évident, Sergent, interrompit l'Abbé Bernard. Vous avez noté ce tatouage sur le corps du Frère Adrien, n'est-ce pas ?

Dubuc approuva, avant de demander du bout des lèvres.

— Dans le cadre de l'enquête, j'aimerais vérifier si d'autres moines ont aussi ce petit tatou sur...

Cette fois, l'Abbé Bernard lui adressa un regard foudroyant et répliqua sur un ton cinglant :

— Sergent Dubuc, même si vous étiez en mesure de déterminer si des moines du Précieux-Sang sont tatoués, cela ne confirmerait que leur appartenance à une confrérie moyenâgeuse secrète et n'indiquerait en rien qu'ils sont des criminels ! J'ose croire que les libertés individuelles de nos moines, qui sont aussi des citoyens à part entière de notre pays, je vous le rappelle, sont protégées par la Charte des droits et ont préséance sur des procédures d'enquête aussi dégradantes que celle que vous suggérez ! Bonne journée à vous, Sergent !

*　　*

*

En début d'avant-midi vendredi, Manon Pouliot sortait d'une conférence de presse à l'hôtel de ville lorsqu'elle croisa le Frère Dominique à vélo. La journaliste savait que le chargé de commissions du monastère était, avec l'Abbé Bernard, le seul moine autorisé à circuler à Chesterville au nom de la communauté. Dans le contexte actuel de l'enquête, sa présence suscita la curiosité de la journaliste. Le reste de sa journée s'annonçait plutôt tranquille, de sorte qu'elle décida de suivre discrètement le moine.

Le Frère Dominique s'arrêta d'abord à la Quincaillerie Fiset et en ressortit une dizaine de minutes plus tard avec quelques outils, notamment un marteau dont le manche dépassait du sac. L'arrêt suivant fut le bureau de poste, où le moine sortit de la sacoche de son vélo une grande enveloppe brune déjà oblitérée, qu'il déposa dans la boîte aux lettres.

Vers midi, le Frère Dominique gara son vélo devant le restaurant Chez Ludger, à la sortie de Chesterville. Intriguée, Manon le suivit à l'intérieur. Le moine se fit conduire à une table discrète et sombre au fond du resto, où le serveur déposa un sandwich au fromage et deux bières quelques minutes plus tard. Manon s'était installée au comptoir et avait commandé le spécial du jour et un thé glacé. Elle attrapa le serveur au vol et demanda en chuchotant :

— Vous servez de la bière à un moine ?

Le serveur, un type dans la quarantaine avec une épaisse moustache blonde à la Astérix, haussa les épaules.

          Un moine trop bavard

— Ben quoi ? Me semble que c'est pas juste les moines de Belgique qui devraient avoir le droit de boire de la bière !

— Il vient souvent ici ?

— Le moine ? Une ou deux fois par semaine. La plupart du temps pour le lunch.

Manon résista à l'envie d'aller s'asseoir avec le Frère Dominique pour l'interroger sur l'enquête, car il semblait savourer ses deux bières. Il en ressortit un peu chancelant une demi-heure plus tard et revint au centre-ville, où il pédala vers la boutique de livres usagés Au plaisir de relire, voisine de la Caisse populaire.

La journaliste se fit discrète et resta dans sa voiture en face de l'édifice. À distance, elle pouvait apercevoir Georges-Henri Simoneau en train de discuter avec le Frère Dominique. Le moine gesticulait nerveusement et semblait en colère. Le libraire restait immobile, les bras croisés sur son énorme bedaine. Pour Manon, la tentation était soudain devenue trop forte. Elle sortit de la voiture et se dirigea résolument vers la librairie. Elle ouvrit la porte, déclenchant un tintement de clochettes, ce qui attira l'attention des deux hommes. En apercevant la journaliste, le Frère Dominique devint instantanément muet comme une carpe, releva son capuchon et sortit de la librairie. Georges-Henri Simoneau alla à la rencontre de Manon.

— Tiens, tiens, si ce n'est pas notre scribouillarde locale qui s'en vient aux nouvelles. D'après votre air angélique, je dirais que c'est Dubuc qui vous envoie acheter un ouvrage sur les moines, vous aussi, dans l'espoir de délier la langue du pauvre Simonac sur la vie monastique.

Manon préféra dire la vérité.

— Pas du tout. J'ai aperçu le Frère Dominique en ville ce midi et j'ai décidé de le suivre.

Le libraire frotta ses épaisses lunettes sur sa chemise tachée pendant qu'il semblait réfléchir.

— Tiens donc que c'est intéressant. On pourrait se demander pourquoi vous prenez en filature le chargé de commissions du monastère. Ce moine est-il maintenant sur votre liste officielle de suspects ?

Manon voyait bien que le libraire tentait de contrôler la conversation. Elle éclata de rire pour le contrarier.

— Soyez tranquille, car je n'ai pas de liste de suspects, M. Simoneau. N'oubliez pas que je suis journaliste, pas enquêteur !

Georges-Henri Simoneau se versa une tasse de thé, qu'il sirota bruyamment.

— Évidemment, que je suis bête !

Il déposa ses lunettes sur la table devant lui, releva la tête et, cette fois-ci, dirigea son regard gris acier perçant directement dans les yeux de Manon. De sa voix grave, il dit :

— Alors, je vous le demande encore une fois, chère Madame Pouliot : est-ce que le Frère Dominique vous semble suspect ?

La question, qui devenait un interrogatoire, figea Manon sur place. Elle avait toujours considéré le libraire Georges-Henri Simoneau comme un être excentrique, mais inoffensif. Un bizarroïde qui avait une opinion sur tous et chacun à Chesterville et qui ne demandait pas mieux que d'éblouir son auditoire par ses circonlocutions et sa grande culture littéraire. Mais voilà qu'il posait maintenant en quelques mots une question préoccupante.

Le téléphone de la librairie sonna. Georges-Henri Simoneau maugréa, tourna le dos à la journaliste et prit l'appel.

Manon en profita pour filer à l'anglaise.

13

Lundi, à l'heure du lunch, Dubuc et Lucien Langlois s'étaient retrouvés au restaurant Le Grignoteux du centre-ville, pour faire le point sur l'enquête.

Lucien commanda une salade au tofu, tandis que Dubuc hésitait entre le pâté chinois et la bavette de bœuf avec frites et oignons caramélisés.

Son collègue se tenait la tête à deux mains.

— Roméo, vous ne pensez jamais en termes de calories, de sodium, de cholestérol, ou de gras trans ? Vous devez vous dire seulement : si ça goûte bon, alors ça doit aussi être bon pour la santé, c'est ça ?

Dubuc s'impatienta.

— Lulu, arrête-moi tes simagrées ! D'ailleurs, regarde-toi dans le miroir : j'ai noté que ça te rend drôlement agressif, tes salades de luzerne pis tes *crackers* aux neuf graines ! Tu devrais laisser ça aux ruminants et t'offrir de temps en temps un bon steak avec des patates pilées pour te remettre les intestins d'aplomb !

Devant cette cause perdue, Lucien préféra s'enfouir le nez dans le menu pour éviter toute discussion. L'instant d'après, il revint à l'enquête.

— Vous y croyez à l'explication de l'Abbé Bernard sur cette histoire de culte de Baphomet actif au monastère ?

Dubuc grimaça.

— À première vue, l'explication se tient. La première chose à faire est d'obtenir confirmation que ce petit tatou, ce pentagramme dans un cercle, représente bel et bien un symbole de l'époque des Templiers. J'imagine qu'une recherche rapide sur Internet pourrait nous aider. Sinon, on pourrait contacter ce sociologue des religions à l'UQAM, dont le nom m'échappe.

La journaliste Manon Pouliot arriva sur les entrefaites, commanda au comptoir et alla les saluer en attendant.

— Dites donc, si ça peut vous intéresser, j'ai fait mes recherches sur la maison-mère du monastère du Précieux-Sang à San Diego en Californie et j'ai même confirmé avec un collègue journaliste de la *San Diego Union Tribune*. Il paraît que le monastère n'y est plus affilié depuis l'an passé.

Dubuc, qui achevait sa soupe à l'oignon gratinée, resta bouche bée et sa cuillère suspendue dans les airs.

— Qu'est-ce que tu nous chantes là ?

— Je vous dis que le monastère du Précieux-Sang ne fait plus partie de l'organisation des monastères bénédictins nord-américains. En d'autres mots, il a été rayé de l'organisation en juillet passé.

Une voix résonna derrière le comptoir.

— Une salade au tofu pour emporter !

Manon se tourna vers Dubuc en souriant.

— Bon, faut que j'y aille. En passant, Florence a l'impression que vous faites la baboune. Elle n'a pas eu de vos nouvelles depuis trois jours.

Dubuc se redressa maladroitement sur sa banquette.

— Je vois que t'es assez au courant de ma vie personnelle, merci !

— C'est juste que Flo et moi on est dans le même club de lecture. Alors, on se parle assez régulièrement. Entre filles, bien entendu...

— Bon, dis-lui que je vais l'appeler quand j'aurai une minute. C'est promis...

*   *
*

En fin d'après-midi, en sortant de l'office de la none, l'Abbé Bernard marcha dans le jardin du monastère en compagnie de son confident, le Frère Charles.

— J'ai encore eu la visite de ce détective Dubuc. La police a découvert un tatouage sur le cadavre du Frère Adrien. Un petit pentagramme dans un cercle, caché dans le pli du genou. Cela vous dit quelque chose ?

Le visage du Frère Charles pâlit soudain.

— Le culte de Baphomet serait donc actif ici, au monastère du Précieux-Sang ?

— C'est ce que je crois aussi, mais nous n'avons que ce petit tatouage comme indice. Que savez-vous d'autre sur ce culte ?

Le bibliothécaire réfléchit un instant.

— Eh bien, ses adeptes sont contre la chrétienté, adorent cette idole païenne qu'ils nomment Baphomet, n'hésitent pas à recourir à la violence au besoin et privilégient leurs intérêts pécuniaires personnels plutôt que le bien de la communauté.

— Existe-t-il des façons d'identifier ces disciples ?

— Mis à part leur tatouage distinctif ? Aucun.

L'Abbé Bernard se tourna un instant vers l'énorme croix de chêne de huit mètres qui trônait sur la place centrale du jardin, puis à nouveau vers son visiteur, comme s'il venait de demander une permission divine.

— Très bien. Alors, voici mes directives, Frère Charles : dès la fin des vêpres ce soir, vous visiterez chaque moine dans sa cellule. Je veux que vous examiniez attentivement le pli du genou de chacun. Si vous remarquez le tatouage du petit pentagramme dans un cercle, veuillez m'amener immédiatement le moine à mon bureau.

— Vous croyez vraiment que…

Mais l'Abbé Bernard ne supporta aucune réplique.

— Mon Frère, un membre de notre communauté est décédé de mort violente à l'intérieur de nos murs. Alors, si nous voulons prévenir d'autres tragédies, il y va de notre intérêt de prendre les mesures qui s'imposent ! *Dura necessitas !*

*   *
*

Après l'office des laudes du mercredi matin, Lucien Langlois gara sa voiture et se présenta à l'entrée principale du monastère. Le Frère Cyrille lui fit un petit signe de la main et ouvrit la grille. Mais plutôt que de marcher vers le monastère, le policier alla directement au poste de contrôle.

Le moine se retourna étonné.

— Quelque chose ne va pas, Sergent ?

— C'est vous que je cherchais, fit Lucien.

— À propos de quoi ?

— La mort du Frère Adrien.

Le petit homme sembla tressaillir un instant.

— Oh, mais… c'est que je n'ai pas vraiment d'opinion, Sergent. Je ne suis que le portier du monastère. Vous devriez demander à…

— C'est justement votre opinion qui m'intéresse, Frère Cyrille. Venez, nous allons marcher un peu sur la propriété. J'ai quelques questions à vous poser.

— Euh, je préférerais rester à mon poste de garde, si vous permettez. Je dois surveiller la porte principale...

Lucien approuva d'un signe de tête, mais savait très bien qu'en réalité, le portier, comme tous les autres moines du Précieux-Sang d'ailleurs, préférait ne pas être aperçu en compagnie d'un enquêteur de police sur le domaine du monastère.

— Vous savez, c'est très dommage que la bande-vidéo de l'entrée du monastère soit effacée chaque matin. Elle aurait été très utile à la police. On ne vous a signalé aucune activité à la porte principale du monastère la nuit du meurtre, par exemple l'entrée ou la sortie d'un visiteur ?

Le Frère Cyrille gratta le dessus de son crâne chauve, comme si la question méritait une ample réflexion. Il finit par répondre :

— Vous croyez donc que le meurtrier serait venu de *l'extérieur* du monastère ?

Lucien lui répondit de façon sibylline.

— Et vous, Frère Cyrille, qu'en pensez-vous ?

Lucien remarqua que c'était probablement la première fois de sa vie que ce moine était interrogé par la police. Il dégageait à la fois une impression de crainte, mais aussi de bonté naïve. Frère Cyrille possédait-il des talents d'acteur ou était-il sincère ? À la grande surprise de Lucien, le moine s'approcha pour lui dire à mi-voix :

— Vous savez, je ne suis pas dans la police, mais j'ai ma petite version des faits moi aussi. Je pense que quelqu'un de l'extérieur s'est peut-être introduit au monastère la nuit du meurtre.

Ce commentaire du moine était tellement imprévisible que Lucien éclata de rire.

— Ah bon ! Vous avez un talent naturel de détective, Frère Cyrille ! Vous regardez des films de Columbo au monastère ?

Loin de s'offusquer du cynisme du policier, le moine baissa humblement la tête. Mais sa remarque avait piqué la curiosité de Lucien, qui redevint sérieux.

— Comment pouvez-vous affirmer qu'un visiteur est entré au monastère la nuit du meurtre ? Vous savez comme moi que la bande-vidéo de la caméra de surveillance est effacée chaque matin, puis remise dans l'appareil.

Le moine haussa les épaules, comme pour lui donner raison.

— Ce n'est peut-être qu'un détail, mais quand j'ai commencé mon quart au poste de garde à sept heures le matin du meurtre, la porte principale du monastère était entrouverte.

— Quoi ! Et c'est maintenant que vous le dites ? grogna Lucien.

Le Frère Cyrille crut bon de préciser.

— Écoutez, il est très rare que la porte principale soit ouverte le matin, mais ce n'est pas impossible. Il peut arriver qu'un moine entre ou sorte de la propriété ou qu'une livraison de marchandises nous arrive.

— Je croyais que l'ouverture et la fermeture de cette porte étaient actionnées automatiquement ? s'étonna Lucien.

— Comme vous le savez, c'est moi qui actionne automatiquement la porte quand je suis au travail, mais lorsque le poste de garde est fermé de sept heures du soir à sept heures du matin, la porte peut être ouverte manuellement.

— Avec une clé ? demanda Lucien.

— Oui.

— Qui possède cette clé ?

— Eh bien, notre supérieur l'Abbé Bernard.

— Qui d'autre ?

— Oh, et aussi le Frère Dominique, notre chargé de commissions, le Frère Charles, notre bibliothécaire et… moi-même, bien entendu.

— Vous possédez une clé de la porte d'entrée principale ? sursauta Lucien.

— Pour des raisons évidentes, Sergent. Pendant mon travail au poste de garde, s'il devait jamais arriver que le mécanisme d'ouverture ou de fermeture de la porte se coince, je peux toujours débloquer la porte manuellement.

                        Un moine trop bavard

– Donc, personne n'est en fonction au poste de garde entre sept heures du soir et sept heures du matin, c'est exact ? demanda le policier.

– Oui.

– Mais la caméra de l'entrée, elle, prend votre relève et fonctionne de sept heures du soir à sept du matin, n'est-ce pas ?

– Oui. Mais comme nous n'avons pas la bande-vidéo qui...

– Je sais, fit Lucien d'un geste impatient. Comme nous n'avons pas la bande-vidéo, on ne peut pas vérifier les allées et les venues au monastère pendant la nuit du meurtre. Quel dommage !

*   *
*

Le jeudi après-midi, lorsque Dubuc se présenta accompagné de six policiers de la Sûreté du Québec pour fouiller de fond en comble le monastère du Précieux-Sang afin de retrouver Zacharie, le supérieur de la communauté se mit en travers de son chemin. L'Abbé Bernard fulminait.

– Sergent, je croyais que nous avions développé une relation de confiance ! N'avons-nous pas toujours collaboré à votre enquête depuis le début ? Qu'est-ce qui vous prend de lancer sans prévenir une opération de perquisition au monastère ? C'est outrageant !

Dubuc tenta de lui expliquer que Zacharie était un témoin essentiel de l'enquête et que, plus le temps passait, plus les risques augmentaient qu'il ait quitté le domaine.

— Mais nous le surveillons étroitement, assura l'Abbé Bernard. Chaque matin, on me confirme que de la nourriture a été volée à la cuisine pendant la nuit. Ceci nous permet de savoir que Zacharie est encore sur les lieux et qu'il doit voler de la nourriture pour subsister.

Malgré l'opposition du supérieur, Dubuc ordonna à ses hommes de procéder à la fouille du monastère d'abord, puis des dépendances. Il suggéra aussi à l'Abbé Bernard de rester à la disposition des policiers, dans l'éventualité où ils devraient fouiller des pièces fermées à clé. L'un des policiers était un maître-chien et son berger allemand avait reniflé un chandail ayant appartenu à Zacharie avant d'entreprendre les recherches.

Environ deux heures après le début de la fouille, le berger allemand devint très excité. Son maître l'encouragea à continuer, à fouiller davantage. Ils étaient dans le garage où l'on réparait la machinerie agricole, et le chien grattait frénétiquement un vieux tapis de toile près de l'établi où s'accumulaient plusieurs outils. Dubuc et Lucien observaient la scène à une certaine distance.

Le maître-chien encourageait l'animal.

— Bon chien, Rex! Bon chien!

Un autre policier tira le tapis vers lui, ce qui laissa voir un anneau de fer sur le plancher.

– Une trappe! s'exclama Dubuc.

Les policiers sortirent leur arme. L'un d'eux saisit l'anneau de fer pour soulever la trappe. Une échelle rudimentaire menait au fond de cette petite cave. Un policier prit sa lampe de poche et éclaira les lieux. À première vue, il ne constata aucune trace d'activité humaine. Il descendit l'échelle, puis remonta en déposant divers objets devant les autres policiers.

Dubuc procéda au décompte :

– Un pot de beurre de *peanut* presque vide, un reste de pain tranché et dur comme du béton, une petite cruche d'eau vide, une boîte de Pop Tarts vide...

L'un des policiers examina un à un les objets retrouvés dans la cave.

– À première vue, je dirais que le fugitif doit avoir quitté sa cachette depuis huit à dix jours environ.

Dubuc se tourna vers Lucien pour dire à mi-voix :

– Les moines prétendent qu'ils se font voler de la nourriture pendant la nuit, mais le coupable n'est certainement pas Zacharie. Tu le vois comme moi, Lulu, le pauvre diable vivait dans la misère noire, caché au fond de son trou...

14

L'Abbé Bernard tentait de calmer Roméo Dubuc assis devant lui dans son bureau. Le policier pompait le sang avec l'énergie d'un volcan.

— Nous avons fouillé hier après-midi votre monastère de fond en comble et nulle trace de Zacharie ! Aucune trace ! S'il était caché ici, il n'y est plus, croyez-moi ! L'oiseau s'est envolé ! lança Dubuc, sur un ton colérique.

Le supérieur laissait le policier se défouler. Il savait bien que la frustration accumulée depuis le début de l'enquête devait sortir tôt ou tard. D'ailleurs, il ne pouvait contredire Dubuc, sans mettre à jour son propre plan pour envoyer secrètement Zacharie se faire traiter aux États-Unis. Ses confidents, les Frères Charles et Patrice, l'avaient assuré que Zacharie serait retrouvé, au moment prévu de son départ.

— Je suis vraiment désolé, Sergent. Moi aussi, je croyais bien que l'on trouverait Zacharie caché quelque part sur notre vaste domaine. Mais ce garçon en connaît très bien les moindres recoins. Alors, il n'est pas étonnant qu'il ait réussi à…

Dubuc l'interrompit, sous l'effet de la surprise.

— Mais vous continuez vraiment de croire que Zacharie se cache ici ! Ou bien vous faites preuve de naïveté, Abbé Bernard, ou bien vous mentez à la police !

L'Abbé Bernard joignit les mains, pinça les lèvres et inclina la tête. Dubuc avait remarqué que le supérieur adoptait cette posture lorsqu'il faisait des efforts surhumains pour conserver sa maîtrise de soi. Il finit par dire, sur un ton posé, mais ferme :

— Sachez que personne, ici, ne ment à la police, Sergent Dubuc.

Mais Dubuc était lancé comme une locomotive folle et rien n'allait l'arrêter.

— Ah bon ! Comment pouvez-vous alors, en tant que supérieur du monastère du Précieux-Sang, avoir caché à la police que vous n'étiez plus affilié à votre maison-mère de San Diego ?

Le moine ouvrit alors une armoire et en sortit brusquement un flacon de cognac Rémy Martin avec deux verres. Il en versa de généreuses rasades.

Le policier s'étonna d'un tel geste.

— Je… j'essaie de ne pas boire…

Le supérieur ordonna sur un ton sans réplique :

– Buvez-moi ça, Sergent, car vous en avez grandement besoin ! Vous êtes à bout de nerfs et je vous l'ordonne !

Au bout de longues minutes, Dubuc reprit peu à peu sa contenance : son visage écarlate sembla se détendre un peu et ses mains crispées sur le bureau relâchèrent enfin leur étreinte.

L'Abbé Bernard revint s'asseoir derrière son bureau pour fournir les explications qui s'imposaient.

– Vous évoquez en effet une triste situation, Sergent. Notre monastère du Précieux-Sang a récemment été désaffilié de la maison-mère bénédictine de San Diego, mais pour des raisons strictement administratives, je tiens à le préciser. En toute humilité, je dois reconnaître que l'exploitation de notre entreprise de crucifix ne rapporte plus, depuis quelques années, les profits anticipés par la maison-mère, ce qui est déplorable. Mais que voulez-vous, la pratique de la religion en général est en chute en Amérique du Nord et même si une bonne partie de nos exportations de crucifix se font dans les écoles des États américains très conservateurs sur le plan religieux, notre fabrication s'écoule somme toute sur un marché très restreint...

– Comme les mouchoirs de poche pour hommes ! crâna Dubuc, qui commençait à sentir l'alcool lui monter à la tête.

— Ce manque à gagner a évidemment contraint la maison-mère de San Diego à nous soutenir davantage financièrement depuis quelques années, ce qui constituait un lourd fardeau pour elle. Récemment, on a remis en question notre affiliation au regroupement des monastères bénédictins nord-américains, étant donné que nous n'arrivons plus à être autosuffisants, en quelque sorte.

— C'est la seule raison de votre désaffiliation avec la maison-mère de San Diego ?

— La seule, je vous l'assure, rétorqua le supérieur. Vous pouvez le vérifier au besoin.

— Pour vous dire la vérité, Abbé Bernard, la présence d'adeptes du culte de Baphomet dans votre monastère me préoccupe davantage que votre statut administratif. Le fait que l'on ait retrouvé ce petit tatou du pentacle sur le Frère Adrien m'incite à croire que d'autres membres de votre communauté pourraient aussi en faire partie.

Contre toute attente, l'Abbé se leva pour se rapprocher du policier.

— Eh bien, je peux vous dire que vous faites erreur, fit l'Abbé Bernard. À la suite de votre demande l'autre jour, j'ai quand même voulu en avoir personnellement le cœur net moi aussi. Alors, j'ai demandé à mon confident de vérifier la présence éventuelle de ce tatouage chez tous nos moines et je peux vous confirmer qu'on ne le retrouve chez aucun.

— Aucun, hein ?

Dubuc ne cacha pas sa stupéfaction.

*   *

*

En début de soirée vendredi, Dubuc passa prendre Florence Moreau à sa boutique pour l'amener souper en ville. Elle lui avait mentionné qu'elle aimait la cuisine thaïlandaise et le restaurant Palais impérial venait récemment d'ouvrir dans le secteur ouest de Chesterville.

— C'est une nourriture qui te plaît, Roméo ? lança Florence, pendant que le serveur déposait deux menus devant eux.

— Pour être franc avec toi, mon expérience de la bouffe ethnique se limite surtout au spaghetti et au pâté chinois...

Florence éclata de rire, sans se douter que Dubuc disait la vérité. Elle commanda une salade de papaye avec crevettes géantes garnie de feuilles de basilic et de piments forts. Quant au policier, il joua de prudence et se contenta du poulet aux ananas et aux légumes.

— Comment avance ton enquête ? demanda Florence, pour briser le silence de Dubuc qui semblait préoccupé. Le *Progrès de Chesterville* fait une mise à jour régulière de l'enquête sur son site Web et je lisais ce matin que le principal suspect serait quelqu'un de l'extérieur du monastère ? C'est vrai ?

Dubuc s'essuya longuement les lèvres avec sa serviette de table, tout en cherchant la façon de répondre. Il appréciait de plus en plus la compagnie de Florence, mais son instinct lui dictait aussi la prudence. Pour l'instant, sa stratégie « publique » était de faire porter les soupçons sur un suspect à l'extérieur du monastère. Il voulait avoir les coudées franches dans son enquête et éviter d'attirer trop l'attention des moines. Personnellement, Dubuc était convaincu que le meurtre du Frère Adrien avait été commis de l'intérieur. Trop d'indices pointaient dans cette direction. Par qui et pour quel motif, tout cela restait à prouver.

— De l'extérieur. Oui, absolument. C'est là-dessus qu'on travaille présentement, dit-il.

— Je lisais que les…

Dubuc était suspendu aux lèvres de Florence, mais plus aucune parole ne sortait de sa bouche. Il suivit son regard qui s'était porté derrière lui, vers l'entrée du restaurant.

— Tiens, mais c'est mon Jean-Thomas ! s'exclama Florence, étonnée. Qu'est-ce qu'il vient faire ici ?

Elle fit un petit signe de la main à son fils qui les cherchait du regard dans le restaurant. Il s'approcha et s'assit à leur table, en donnant une tape dans le dos du policier au passage.

— Salut !

Dubuc se tourna vers le fils de Florence.

— Bonjour Jean-Thomas, est-ce que…

Le policier eut un choc. Jean-Thomas avait un œil au beurre noir à moitié fermé, le visage tuméfié, la lèvre inférieure fendue et il semblait souffrir beaucoup, probablement parce qu'il avait des côtes fêlées. Pas besoin d'être policier pour constater que Jean-Thomas avait de toute évidence été battu très récemment, pensa Dubuc.

— Bout de chandelle, mon garçon, qu'est-ce qui t'est arrivé ?

Florence se mit à parler, tout énervée.

— Ce... ce n'est rien, Roméo, je t'assure ! Jean-Thomas s'est mêlé d'une bagarre qui ne le regardait pas au bar Le Spot l'autre soir. Ça lui apprendra à vouloir jouer au justicier, hein mon grand ! fit Florence d'un rire gêné.

Mais Dubuc n'avait pas le cœur à rire. Dans son métier, il voyait régulièrement des gens battus : des victimes qui ne le méritaient pas, des agresseurs qui le méritaient, mais aussi des innocents, dont le seul crime avait été de se trouver au mauvais endroit, au mauvais moment. Et il doutait fort que Jean-Thomas appartienne à cette dernière catégorie...

Jean-Thomas était pressé et regardait à peine sa mère.

— Mom', faudrait que tu me donnes un peu de *cash*, genre, cinquante piasses pour me dépanner. J'ai pas une damnée cenne depuis deux jours !

Florence réagit nerveusement, mais s'efforça de sourire malgré tout.

— Encore ? Mais je t'ai donné cinquante dollars, il y a deux jours, mon grand. As-tu tout dépensé ?

Le garçon pencha la tête d'un air piteux.

— Ben, c'était pas vraiment pour moi, Mom'. L'affaire, c'est que Steve vient de casser avec sa blonde, pis je l'ai amené au resto pour lui remonter le moral. T'aurais dû le voir, il faisait pitié !

Jean-Thomas parlait la tête baissée, rythmant ses paroles en tambourinant des doigts sur la table.

Mal à l'aise de cette visite impromptue de son fils, Florence fouilla dans son sac à main et lui tendit un billet de 50 $. Lorsqu'il le prit, elle serra le billet et le regarda droit dans les yeux.

— C'est la dernière fois cette semaine, tu m'a compris ?

Jean-Thomas détourna la tête et s'esquiva avec l'argent.

Florence déposa ses ustensiles dans son assiette et croisa les bras en regardant Dubuc.

— Désolé, Roméo, mon fils vient de me couper l'appétit, on dirait.

— Pourquoi lui avoir donné de l'argent alors ?

Florence déposa sa serviette de table en soupirant.

— Pas facile d'être monoparentale. Jean-Thomas est mon fils unique, nous l'avons adopté à sa naissance et je veux l'aider autant que possible dans la vie. Si mon argent lui permet de dépanner un copain dans le besoin, alors pourquoi pas ? Es-tu d'accord ?

Dubuc hocha la tête en guise d'approbation, mais se mordit les lèvres pour ne pas dire le fond de sa pensée.

* *
*

À l'heure du lunch lundi, Dubuc et Lucien allaient sortir lorsque la journaliste Manon Pouliot les suivit dans l'escalier.

— J'ai du nouveau pour votre enquête, dit-elle, les yeux pétillants.

Dubuc regarda Lucien.

— Ça peut pas attendre après dîner ?

Manon savait qu'il était inutile de lutter contre le poulet barbecue du restaurant La Belle Bedaine. Mais elle savait aussi à quel point Dubuc détestait apprendre les nouvelles dans le journal local. Elle lança, sur un ton badin :

— Pas de problème. Vous lirez mon reportage mardi prochain !

Sur ce, elle leur tourna le dos et remonta l'escalier.

Dubuc la rattrapa.

— Hé, minute papillon, viens t'asseoir ! On veut vraiment entendre ton histoire, pas vrai Lulu ?

Lucien hocha la tête.

Manon se prêta au jeu de bonne grâce et ils retournèrent au bureau de Dubuc.

La journaliste s'installa et sortit son carnet de notes.

— Vous vous rappelez de ma petite enquête concernant le Frère Hubert ?

Dubuc fit craquer ses jointures avant de répondre.

— Celle où tu nous as appris que cet ancien comptable avait fourré une petite ville du Lac Saint-Jean pour 300 000 $ avant de se prendre pour Mère Teresa et d'entrer au monastère ! s'exclama le policier.

— Exact, fit Manon. Mon contact qui m'avait renseigné là-dessus a trouvé autre chose, encore plus intéressant…

Dubuc regarda la journaliste, qui affichait un sourire de Joconde.

— Manon, as-tu fini de nous faire poireauter ? On n'a pas toute la journée !

Manon Pouliot savourait visiblement l'attention dont elle faisait l'objet.

— Ok, ok. En voulant vérifier en quelle année le Frère Hubert était entré au monastère du Précieux-Sang, j'ai appris que le Frère Damien était arrivé deux mois plus tard et le Frère Dominique, quatre mois plus tard. Bizarres de coïncidences, vous ne trouvez pas ?

Dubuc haussa les épaules.

— Bof, à première vue, ça pourrait effectivement être des coïncidences. Surtout que l'Abbé Bernard m'a raconté que le monastère avait traversé une période de recrutement.

Mais le sourire de Joconde qui intriguait les deux policiers ne quitta pas les lèvres de Manon.

— Pour votre information, le Frère Dominique est un ancien agent d'assurances pour la compagnie London Life. Il a fait croire à la noyade en bateau de son complice pour toucher une assurance-vie d'un demi-million de dollars ! Son plan a mal tourné quand la victime a ressuscité deux mois plus tard, bel et bien vivante, à Vancouver ! Le Frère Dominique a fait 15 mois de prison et…

Dubuc se leva.

— Laisse-moi deviner : en sortant de prison, il a trouvé lui aussi sa vraie vocation en entrant au monastère, n'est-ce pas ?

Manon approuva d'un signe de tête. Dubuc demanda :

— Et le jardinier, le Frère Damien ? Il m'a raconté avoir été un avocat riche et célèbre avant de tout lâcher pour devenir moine !

La journaliste éclata de rire.

— Alors, il a probablement oublié de vous dire que pendant qu'il défendait un groupe de motards criminalisés, une somme de 250 000 $ a mystérieusement disparu des coffres et qu'il était l'un des principaux suspects. Le Frère Damien est entré dans les ordres sans regarder en arrière, je vous le jure !

Lucien roula des yeux exaspérés au plafond et se leva subitement. Il en avait entendu plus qu'assez.

— Mais c'est quoi, cette gang de bandits ?
On enquête dans un monastère ! Je croyais
qu'on avait affaire à des hommes de Dieu ?

Dubuc poussa un long soupir, avant
d'ajouter :

— Les Frères Hubert, Dominique et Damien ont tous des alibis blindés la nuit du
meurtre. La vraie question, c'est de savoir si
le Frère Adrien avait découvert quelque chose
de tellement compromettant à leur sujet que
l'un d'eux n'avait pas d'autre choix que de
l'assassiner...

15

En milieu d'avant-midi mardi, Roméo Dubuc se rendit à la librairie Au plaisir de relire. Georges-Henri Simoneau était assis derrière son comptoir, à feuilleter le *Journal de Montréal.*

— Tiens, encore vous. Quel mauvais vent vous amène ?

Dubuc tenta de faire la conversation.

— Je suis surpris de voir qu'un homme aussi cultivé que vous et entouré quotidiennement de milliers de livres de sagesse ancienne prenne le temps de lire les journaux.

Impatienté, le libraire lança l'exemplaire sur le comptoir et se leva en maugréant.

— Il y a un temps pour tout, Dubuc ! Un temps pour se cultiver et un autre pour s'informer ! On ne peut passer sa vie à relire des auteurs poussiéreux comme Balzac, Voltaire ou Proust. Parfois, il faut s'oxygéner le cerveau, revenir dans le monde contemporain. Qu'est-ce qui vous amène aujourd'hui ?

Dubuc nota le ton brusque de Georges-Henri Simoneau. Nul doute que leur dernière rencontre à l'hôpital était encore très présente à l'esprit du libraire.

— Que savez-vous sur le culte de Baphomet ?

Georges-Henri Simoneau descendit ses lunettes sur le bout de son nez, pour mieux voir l'expression de son visiteur.

— Vous êtes sérieux ?

— Vous connaissez ou pas ? répéta Dubuc.

Pour toute réponse, le libraire se leva de son tabouret, quitta son comptoir et se dirigea vers l'une des étagères au milieu de la librairie. Dubuc le suivit jusqu'à la section intitulée « Histoire des religions ». Simoneau déplaça son index de gauche à droite sur le rayon supérieur de livres.

— Attendez. Ah, voilà ! C'est un truc sur les Templiers. Je me souvenais d'avoir déjà lu quelque chose là-dessus. L'Ordre du Temple, auquel appartenaient les Templiers, était…

Le policier l'interrompit.

— Je sais tout cela. Ce qui m'intéresse, c'est la présence des disciples du culte de Baphomet au monastère du Précieux-Sang !

Georges-Henri Simoneau replaça l'ouvrage sur le rayon et hocha la tête comme un médecin devant un patient récalcitrant.

— Dubuc, je constate que vous commencez à avoir des fourmis dans le ciboulot. *Wake up*, voulez-vous ! Ces histoires de culte de

Baphomet n'ont jamais été rien d'autre qu'une fantaisie historique que certains scribouillards en mal d'intrigues médiévales déversent sur leurs lecteurs infantilisés qui en bavent de plaisir et en redemandent! La première et la dernière fois qu'on a appris l'existence de ce culte, je vous le rappelle, c'est lorsque des confessions ont été arrachées de force aux malheureux Templiers qui brûlaient comme des petits jambons de Pâques sur leurs bûchers en 1307! D'ailleurs, toute cette histoire de culte de Baphomet et d'adoration d'une figure satanique n'a aucun fondement ni historique, ni exégétique d'ailleurs. Autrement dit, votre histoire n'a ni queue ni tête, mon pauvre Dubuc. Vous avez plus de chances de retrouver Elvis caché dans les caves du monastère du Précieux-Sang qu'un adepte du culte de Baphomet, parole du Simonac!

— Pourtant, rétorqua prudemment Dubuc, l'Abbé Bernard semble croire le contraire. On lui a rapporté des activités du culte dans certains monastères d'Europe et maintenant ici.

Georges-Henri Simoneau retourna s'asseoir derrière son comptoir et reprit nonchalamment la lecture de son journal. Il adressa un regard condescendant au policier en secouant la tête.

— Et laissez-moi deviner. Les méchants adeptes du culte de Baphomet seraient évidemment impliqués dans le meurtre du Frère Adrien, n'est-ce pas? Ah, je constate que les moines ont harponné un gros poisson cette fois-ci. Une belle prise avec une tête de police !

Dubuc fronça les sourcils de colère, ne répondit rien et claqua la porte.

*   *

*

Dès que la tierce fut terminée ce jour-là, l'Abbé Bernard convoqua les Frères Charles et Patrice à son bureau. À fleur de peau, les veines de sa gorge, tendues comme la corde d'une arbalète, ne trompèrent pas ses deux visiteurs : il refoulait sa colère.

— Alors, Zacharie est-il prêt à partir se faire traiter aux États-Unis ?

Les deux moines se regardèrent sans comprendre. Le Frère Patrice prit la parole.

— Avec respect, Abbé, vous savez que Zacharie se cache sur le domaine et…

La colère que l'Abbé refoulait depuis la perquisition policière surprise la semaine précédente éclata soudain. Il tapa du poing sur la table, ce qui fit sursauter les deux moines.

— Assez ! Six policiers de la SQ ont fouillé le monastère de fond en comble sans retrouver Zacharie. Ce détective, ce Dubuc, dit que je fais preuve de « naïveté » en croyant que Zacharie se cache encore ici depuis le meurtre ! La dernière chose dont j'ai besoin, c'est que la police vienne se mêler de ma gestion

administrative. Alors, je répète ma question :
Zacharie est-il prêt à partir ?

Le Frère Charles intervint.

— Avec respect, Abbé, nous pouvons
confirmer que Zacharie est encore caché sur le
domaine du monastère, puisque nous constatons chaque matin qu'il a volé de la nourriture
à la cuisine.

L'Abbé Bernard pointa un doigt accusateur vers les deux moines.

— C'est ce que vous répétez depuis plusieurs jours ! Mais j'ai de la difficulté à croire
que ce garçon puisse circuler librement sur la
propriété, pendant qu'une armée de policiers
est à ses trousses !

Le Frère Patrice tenta de calmer le supérieur, en vain. L'Abbé Bernard continua sur
sa lancée :

— Si Zacharie se cache encore ici, comme
vous le dites, vous devez le trouver et préparer
immédiatement son départ pour la clinique de
traitement aux États-Unis. Cette situation a
assez duré, Zacharie doit quitter le monastère.
Sortez, ce sont mes ordres !

Les deux moines quittèrent le bureau du
supérieur d'un air penaud.

* *

*

Frustré du mystère entourant l'existence
du culte de Baphomet, Dubuc retourna au

monastère du Précieux-Sang. Il était presque 14 heures mardi et une pluie fine tombait. Le Frère Cyrille l'accueillit à la guérite du monastère, mais sans le saluer comme à l'habitude. Dubuc se doutait que le moine était mal à l'aise d'avoir avoué à la police que la grille principale du monastère était restée ouverte la nuit du meurtre. Peut-être avait-il même été réprimandé pour cette indiscrétion...

Dubuc se dirigea vers le bureau de l'Abbé Bernard. Il n'eut pas besoin d'aller très loin, car la pluie avait contraint le supérieur à quitter sa lecture spirituelle au jardin pour rentrer au monastère.

Le supérieur secoua sa soutane humide et accueillit son visiteur d'un signe de tête sec.

— Qu'est-ce qui vous amène aujourd'hui, mon fils ?

— Depuis notre dernière rencontre, j'ai fait mes recherches sur le culte de Baphomet et tout semble indiquer qu'il n'existe pas vraiment, sauf dans l'imagination fantasque de certains écrivains et historiens en mal d'émotions fortes. Possédez-vous des preuves plus substantielles que des symboles et des tatous pour confirmer l'existence de ce culte au monastère du Précieux-Sang ?

L'Abbé l'invita à le suivre dans son bureau. Il referma la porte derrière lui et fit asseoir le policier.

— J'allais vous contacter. L'un de mes moines a découvert ceci ce matin.

L'Abbé Bernard ouvrit un sac en toile et déposa devant Dubuc deux cierges noirs à demi brûlés.

— D'après la tradition médiévale, nous savons que pendant les rituels secrets des disciples du culte de Baphomet, son effigie circule parmi les adeptes adorateurs à la lumière de cierges noirs comme ceux-ci.

Le policier se pencha pour les examiner attentivement.

— Où les avez-vous trouvés ?

— Dans la cave, au fond d'une salle froide et humide.

Contrairement à l'Abbé Bernard, Dubuc ne sembla pas très enthousiaste.

— C'est une preuve circonstancielle, tout au plus. N'importe qui aurait pu planter un indice à cet endroit pour faire déraper l'enquête.

Impatienté, l'Abbé Bernard se leva et arpenta la pièce. Le ton était cinglant :

— Je déplore à nouveau votre scepticisme, Sergent ! Faudra-t-il un autre meurtre dans mon monastère pour vous convaincre de l'importance d'orienter votre enquête vers les adeptes de ce culte pervers ?

Le cellulaire de Dubuc sonna. Il prit l'appel.

— Je... je dois vous quitter, Abbé Bernard. Un appel urgent. Merci de l'information.

Dubuc retourna d'un pas rapide vers la voiture. Au moment d'entrer dans son véhicule, il remarqua soudain sur le siège arrière une grande enveloppe brune non identifiée.

Il l'ouvrit.

C'était la bande-vidéo d'une caméra de surveillance…

16

Lucien Langlois arriva au poste de la SQ à sept heures le mercredi matin pour trouver Dubuc déjà au travail avec plusieurs gobelets de café vides empilés sur son bureau. Une boîte de gâteaux Joe Louis presque vide traînait à portée de la main. Malgré ses yeux bouffis par le manque de sommeil, Dubuc était de charmante humeur :

— Ah, Lulu, viens voir ce qui me donne des boutons !

Le policier tenait dans ses mains une caméra vidéo portative pour montrer à son collègue le contenu de la bande enregistrée le jour de la mort du Frère Adrien, il y a sept semaines.

Il projeta l'image agrandie sur un téléviseur de 32 pouces installé sur son bureau.

Lucien fut étonné.

— Mais l'Abbé Bernard nous avait pourtant dit que la bande-vidéo qui surveille le domaine du monastère était réutilisée chaque jour! Les moines n'en conservent aucune en archives!

Dubuc fit un sourire.

— C'est ce qu'ils nous disent, les petits cachottiers! Mais dans les faits, quelqu'un au monastère a discrètement déposé la bande-vidéo du 27 mai sur le siège arrière de ma voiture hier après-midi.

— Un moine? demanda Lucien.

— Peut-être. Le Frère Cyrille, le portier, m'a expliqué que la surveillance commence quand il active la caméra en quittant son poste de garde à sept heures du soir et se termine lorsqu'il désactive la caméra en reprenant ses fonctions le lendemain à sept heures du matin, soit exactement 12 heures plus tard. Maintenant, regarde bien ceci, Lulu...

Dubuc fit avancer la bande-vidéo du 27 mai à précisément 4 h 32 le matin du 28 mai. À voir l'aisance avec laquelle il procédait, Lucien devina que son collègue avait répété ce manège à plusieurs reprises pendant la nuit.

— Dis-moi ce que tu vois, Lulu?

— Je vois... je vois un moine qui marche dos à la caméra, avec son capuchon, qui pousse une bicyclette à sa droite... il se dirige vers la grille principale du monastère... il sort une clé... il déverrouille la grille... il pousse son vélo devant lui, puis referme la grille et la verrouille... maintenant, il est sorti du monastère.

— Excellent, fit Dubuc, d'un air satisfait. C'est le Frère Dominique, le chargé de

commissions, qui a quitté le monastère à précisément 4 h 32 le matin du 28 mai, c'est-à-dire
immédiatement après les matines.

Lucien confirma.

— C'est bien lui. Il se gratte férocement les
jambes. Quand je l'ai rencontré quelques jours
après le meurtre, il se grattait comme un dé-
ment à cause de l'herbe à puce !

Dubuc enchaîna.

— Maintenant, je vais avancer la caméra
jusqu'à 5 h 57... soit une heure et demie plus
tard. Dis-moi ce que tu vois cette fois-ci...

Lucien regarda à nouveau attentivement
l'image projetée sur le téléviseur.

— Je vois... un moine, avec son capuchon,
qui revient vers la grille principale du monastère... il ouvre la grille... et pousse ensuite sa
bicyclette devant lui... il referme la grille...
il verrouille la grille... il s'avance vers la caméra... et il disparaît hors champ.

— Tu peux constater qu'il s'agit bel et bien
du Frère Dominique, puisque cette fois-ci, on
le voit de face. Mais tu as raté l'essentiel, Lulu.
Regarde encore...

Dubuc fit reculer la bande-vidéo de quelques minutes, à partir du retour du Frère Dominique au monastère à 5 h 57 précisément.

— Je vais avancer l'image au ralenti, pour
que tu voies bien cette fois-ci.

Lucien s'approcha à nouveau du téléviseur
et se concentra sur l'image.

— Le Frère Dominique ouvre la grille principale… et pousse ensuite sa bicyclette… attendez ! La grille principale était déjà ouverte !

— Exactement ! fit Dubuc, fier de son effet. Quand le Frère Dominique est revenu au monastère à 5 h 57 du matin, la grille principale du monastère était *déjà* ouverte.

— C'est ce que disait le Frère Cyrille l'autre jour, fit remarquer Lucien. La grille était déjà ouverte. Pourtant, le Frère Dominique l'avait bel et bien verrouillée en sortant, on le voit sur la bande-vidéo !

— Exact. Mais à son retour, tu l'as vu comme moi, il n'a pas eu besoin de déverrouiller la grille.

Lucien tentait de rassembler ses idées. Il se tourna vers Dubuc.

— Vous en pensez quoi ?

Dubuc avait déjà échafaudé une théorie.

— J'en pense que pendant l'absence d'une heure et demie du Frère Dominique le matin du meurtre, grosso modo de quatre heures et demie jusqu'à six heures, quelqu'un de *l'extérieur* possédant une clé de la grille principale, ou à qui un moine a ouvert la grille, s'est introduit au monastère du Précieux-Sang, fort probablement en rapport avec la mort du Frère Adrien.

Lucien ramena son collègue aux faits devant eux :

— Mais vous avez visionné la bande-vidéo au complet jusqu'à sept heures le matin du meurtre, et à part le retour du Frère Dominique à 5 h 57, vous n'avez vu personne entrer ou sortir du monastère ce matin-là !

L'argument dégonfla le bel optimisme de Dubuc.

— Je sais bien, bout de chandelle ! Et c'est ce qui me chicote, moi aussi. Le fait que la grille soit restée ouverte le même matin où un cadavre a été découvert au monastère n'est certainement pas un hasard. Je vais quand même faire analyser cette bande-vidéo par les services techniques de la SQ. On en aura le cœur net.

*   *
*

En soirée, Dubuc et Florence avaient convenu d'aller d'abord souper en ville, puis de voir un film. Ils arrivèrent à la Trattoria Giorgio vers 18 h 30.

Le maître d'hôtel les accueillit avec effusion et leur offrit la table discrète au fond de la salle, près de la cheminée où flambait un feu accueillant.

— *Buona sera, signore et signora* ! fit-il, en tirant les chaises de ses deux invités.

Dubuc et Florence s'installèrent confortablement et jetèrent un coup d'œil distrait au menu.

— Comment a été ta journée à la boutique ? demanda le policier, pour rompre la glace.

Florence ne sembla pas l'entendre et resta le nez planté dans son menu.

Il mit sa main sur la sienne.

Cette fois-ci, elle redressa la tête.

— Quoi… je… je m'excuse, Roméo. J'étais perdue dans mes pensées !

Dubuc en profita pour aller plus loin.

— Oui, j'ai remarqué que ça t'arrive régulièrement depuis plusieurs jours. Tu es distraite, ta tête semble ailleurs…

Florence déposa ses lunettes sur la table et se frotta les yeux de fatigue.

— Ah, c'est la boutique, Roméo ! On n'arrête jamais, c'est un vrai esclavage. Quand ce n'est pas debout sur le plancher de vente, c'est à quatre pattes dans l'entrepôt au sous-sol, toujours en train d'ouvrir des caisses et des caisses de marchandises. J'ai mal partout…

Dubuc laissa sa main sur la sienne par sympathie, mais il n'était pas dupe. Ses années d'enquêteur lui avaient appris une chose ou deux sur la psychologie humaine. Florence invoquait une raison, mais toute son attitude, sa posture, ses gestes, ses paroles la trahissaient. Ce n'était pas la boutique qui la préoccupait si sérieusement. Confections Au masculin était un commerce florissant et établi depuis des années. C'était autre chose…

Dubuc n'eut pas à attendre très longtemps pour découvrir ce qui préoccupait Florence. Son cellulaire sonna au début du repas. Elle prit nerveusement l'appel et le policier nota un éclat de bonheur dans ses yeux, dès les premières secondes de la conversation.

— Ah, Jean-Thomas! Enfin, c'est toi mon grand! Oui, oui, je t'ai laissé trois messages cet après-midi. Vers quelle heure penses-tu rentrer à la maison ce soir, parce que je...? Mais, où es-tu présentement? Quoi? Es-tu sérieux?

Florence mit la main sur l'appareil et se tourna vers Dubuc. Elle était sidérée.

— Mon Jean-Thomas est à Framingham!

— C'est où ça?

Florence lui fit signe de se taire et chuchota :

— Dans le Massachusetts, aux États-Unis!

Elle reprit la conversation avec son fils.

— Mais Jean-Thomas, comment t'es-tu retrouvé à... oui, je comprends. Évidemment. Combien? Pour lundi matin au plus tard. Bon, d'accord, c'est noté. Bye, mon grand.

Florence raccrocha et resta abasourdie. Elle demeura silencieuse un instant avant de dire :

— Jean-Thomas m'appelait de la banlieue de Boston. Il dit qu'un ami américain a acheté une voiture bon marché à Sherbrooke et lui a demandé de la livrer à Framingham...

Dubuc avait déjà mille raisons de l'interrompre, mais la laissa continuer.

— Il compte livrer la voiture à son ami demain à Boston et prendre quelques jours pour visiter la région. Il voudrait que je lui envoie un peu d'argent lundi prochain, par virement bancaire, pour couvrir ses dépenses et son billet d'autobus pour revenir ici.

— Combien d'argent ?

— 500 dollars...

Dubuc siffla un bon coup. Il allait faire un commentaire, mais se retint, se rappelant sa discussion avec Florence sur son statut de mère monoparentale.

— Est-ce que je peux t'aider ? Financièrement, je veux dire. J'ai un peu d'argent de côté.

Florence refusa. Elle approcha son visage de celui de Dubuc.

— C'est entre Jean-Thomas et moi, Roméo. Je ne veux pas te mêler à nos discussions d'argent. Tu occupes une grande place dans ma vie, mais cette partie-là, elle doit rester entre mon fils et moi.

Florence avait fait valoir son argument avec tellement de conviction qu'elle avait échoué à banaliser une situation que Dubuc prenait maintenant très au sérieux : les problèmes financiers de Jean-Thomas.

*　*
*

Peu après l'office de tierce, en milieu d'avant-midi jeudi, l'Abbé Bernard se rendit à son bureau pour s'affairer à ses tâches administratives. Le Frère Charles arriva quelques minutes plus tard, accompagné du Frère Patrice.

                        Un moine trop bavard

— Avec respect, Abbé Bernard, nous tenons à vous informer que, conformément à vos directives, nous avons retrouvé Zacharie comme prévu et il a quitté le domaine du monastère immédiatement après les laudes ce matin, pour se faire traiter à la clinique Rutherford de Cincinnati aux États-Unis.

L'Abbé Bernard ne cacha pas son étonnement.

— Mais dites-moi… comment vous avez réussi à faire sortir Zacharie de sa cachette, alors qu'une équipe de six policiers provinciaux n'a pas réussi à le retrouver!

Le Frère Patrice sourit.

— Dans les faits, la solution s'est avérée assez simple. Il a suffi de lui tendre un guet-apens. Nous avons placé un moine derrière chacune des deux portes donnant accès à la cuisine. Dès que Zacharie s'est aventuré sur les lieux pour se nourrir vers deux heures du matin la nuit dernière, les moines ont immédiatement refermé la porte, ce qui a bloqué la sortie de Zacharie.

— Dommage qu'il soit déjà parti, j'aurais aimé le voir, dit l'Abbé Bernard. Dans quel état était-il?

Le Frère Charles hésita quelques instants avant de répondre.

— Assez sous-alimenté, vous vous en doutez bien. Il avait l'allure d'un vagabond qui s'est nourri dans les poubelles et qui a vécu misérablement. De plus, sa mauvaise odeur corporelle est certainement attribuable aux endroits peu salubres où il s'est caché depuis la mort du Frère Adrien, il y a sept semaines.

L'Abbé Bernard s'approcha de son confident et demanda d'un ton grave :

— Et la nuit du meurtre, justement ? Zacharie s'en souvient-il ?

— Lorsque j'ai posé la question, il m'a répondu à plusieurs reprises « crucifix enfoncé dans la gorge ! » en se mettant à trembler comme une feuille.

L'Abbé Bernard hocha la tête.

— Pauvre garçon. Nous allons prier, mes frères, pour que son traitement dans cette clinique américaine soit une réussite.

* *

*

Jeudi avant-midi, Dubuc et Lucien se mirent en route pour le monastère. Leur intention était de parler au Frère Dominique, afin qu'il s'explique sur sa sortie la nuit du meurtre.

— J'ai remarqué que c'est un grand émotif, le Frère Dominique, peut-être même un maillon faible de la chaîne, fit Dubuc. On peut essayer de le faire parler. Dans son cas, on a quelques preuves circonstancielles pour nous aider. Premièrement, il s'est absenté pendant une heure et demie le matin du meurtre.

Les deux policiers trouvèrent le Frère Dominique dans les jardins du monastère. La plupart des moines se préparaient à assister à la prière du midi, la sexte, à la chapelle, et étaient retournés prier dans leur cellule en attendant.

En voyant approcher les deux enquêteurs de la SQ, le moine devint livide. Dubuc jugea plus prudent de l'amener à l'écart, loin des regards inquisiteurs. Les trois hommes longèrent l'enceinte du monastère. Le moine s'assit sur un banc de parc, tandis que les policiers restèrent debout.

Dubuc le confronta d'abord à son absence du monastère, le matin du meurtre.

— Voici les faits, Frère Dominique : la caméra de surveillance du monastère a filmé votre sortie à 4 h 32 et votre retour à 5 h 57 la nuit du meurtre. Grosso modo, vous avez été absent pendant une heure et demie. C'est une période suffisante pour faire beaucoup de choses, vous savez. Même assassiner quelqu'un ! Alors, où étiez-vous durant cette période ?

Les policiers notèrent l'état d'extrême sudation qui s'était soudain emparée du moine. Il transpirait par tous les pores de sa peau et avait baissé la tête.

— Je... je préfère ne pas en parler, si vous permettez. Mais je peux vous assurer, Messieurs, que je n'ai rien à voir avec la mort du Frère Adrien.

Dubuc se tourna vers Lucien, affichant un faux air soulagé.

– Ah bon, que c'est rassurant! Donc, on peut repartir et vous laisser tranquille, c'est ça?

Dubuc durcit soudain le ton et le moine comprit qu'il n'entendait pas à rire.

– Je répète la question. La caméra de surveillance du monastère a filmé votre sortie à 4 h 32 et votre retour à 5 h 57 la nuit du meurtre. Où étiez-vous, Frère Dominique?

Le moine jetait des regards affolés aux deux policiers. Il semblait complètement démoli.

Lucien sentit le besoin de le calmer un peu. Il prit un ton rassurant.

– Écoutez, Frère Dominique, nous ne pouvons pas encore porter d'accusations formelles de complicité contre vous. Mais votre absence du monastère fait que la police ne vous lâchera pas d'une semelle, tant que vous n'aurez pas expliqué clairement où vous étiez le matin du meurtre, comprenez-vous?

Le moine baissa la tête. L'intervention pacifique de Lucien l'avait légèrement calmé.

– Oui, oui, bien sûr. Mais c'est tellement délicat, vous comprenez…

– Une affaire de meurtre est toujours délicate, trancha Dubuc.

Le moine sursauta.

– Une affaire de femme, vous voulez dire. J'étais chez la veuve Provencher à l'heure du meurtre!

— Vous couchez avec Doris ? s'étonna Dubuc.

Lucien le réprimanda du regard. Le moine se mordit la lèvre inférieure, soudain envahi par la honte.

— J'insiste sur votre discrétion, au risque d'être expulsé du monastère ! En effet, je rends visite à madame Provencher quelques fois par mois et...

— Toujours de nuit ? demanda Lucien.

— Évidemment. Même si je circule à bicyclette de jour à Chesterville, c'est bien trop risqué de me faire remarquer.

— Le Frère Adrien était-il au courant de votre relation avec la veuve Provencher ? demanda Dubuc.

Le Frère Dominique tentait de rester impassible, mais ses doigts pianotaient de nervosité sur le banc de parc.

— Non, euh... enfin... oui. Oui, il l'avait appris...

— Comment ?

Le Frère Dominique pinça les lèvres. Il sentait la colère monter en lui.

— C'était ça le problème avec le Frère Adrien. Il avait des yeux et des oreilles partout, et même en dehors du monastère ! Une fois, il avait...

— Est-ce qu'il vous avait déjà menacé de dévoiler votre secret aux autres moines ? enchaîna Dubuc.

La question avait pris le moine au dépourvu. Il sentait le regard des deux enquêteurs fixés sur lui, comme des aigles sur leur proie. Il ne pouvait mentir.

— Oui… et plusieurs fois même. Ce qui était très déplaisant, vous en conviendrez.

Dubuc acquiesca.

*   *

*

Le vendredi à l'heure du lunch, Dubuc et Lucien virent soudain arriver Manon Pouliot avec plusieurs sacs de papier brun. Même sous l'effet de la surprise, Dubuc reconnut sans peine la signature des mets graisseux de sa cantine préférée : La Belle Bedaine…

Le policier devina que Manon était à la recherche d'informations pour son journal.

Elle déposa ses pots-de-vin alimentaires sur le bureau de Dubuc. Une odeur de friture envahit la pièce.

— Tenez, dans celui-là, c'est votre préféré, la poutine italienne extra fromage. Il y a aussi un smoked meat avec des frites, un hamburger au fromage avec des rondelles d'oignons frits, une pizza garnie sans anchois, et pour Lucien, une belle salade niçoise !

Les enquêteurs restèrent bouche bée devant autant d'attention de la part de la journaliste. Dubuc fut le premier à réagir.

— Bout de chandelle, on se croirait en train de déballer les cadeaux du réveillon de Noël ! Tu dois sérieusement manquer de nouvelles pour ton journal, Manon !

— Ah ! Ah ! Très drôle ! Mon contact au monastère, Nadia Vigneault, me dit que le Frère Dominique se plaint d'avoir la police sur le dos ces temps-ci. C'est un suspect ?

Dubuc regardait avec appétit les sacs de papier brun que la journaliste venait de déposer.

— Bof, à force de fouiller partout, tu vas l'apprendre éventuellement. Le Frère Dominique est sorti du monastère la nuit du meurtre, pour revenir à l'heure approximative où le Frère Adrien a été tué. La situation devient donc tendue pour lui.

— L'avez-vous interrogé ? demanda Manon.

— Pas encore. J'ai visionné la bande toute la nuit. On voit le Frère Dominique partir à 4 h 30 après les laudes, puis revenir juste avant 6 h. Jusque-là, tout va bien pour lui.

Manon prenait quelques notes. Sa question lui vint tout naturellement.

— Qu'est-ce qu'il faisait dehors en pleine nuit ?

Dubuc préféra ne pas dévoiler pour l'instant l'explication embarrassante du Frère Dominique.

— On sait pas encore. Mais la présence de la caméra de surveillance n'a pas semblé gêner

le Frère Dominique, puisqu'il savait qu'elle
était en fonction jusqu'à sept heures du matin.

Lucien ajouta :

– En réalité, sans la bande-vidéo de la nuit
du meurtre, personne n'aurait su que ce moine
était sorti en pleine nuit. Personne, puisqu'ils
réutilisent jour après jour la même bande-
vidéo, sauf cette fois-ci, de toute évidence...

Le téléphone sonna. Dubuc prit l'appel. Lorsqu'il raccrocha, il resta abasourdi
quelques instants. Puis, il regarda Lucien et
Manon.

– C'étaient les services techniques. Ils ont
analysé la bande-vidéo. Il manque 47 minutes !

17

Lundi matin, Dubuc se rendit voir le portier du monastère.

— Dites-moi, Frère Cyrille, avez-vous remarqué si le Frère Adrien était présent à l'office de nuit, avant que l'on découvre son cadavre ?

Le portier réfléchit un instant.

— Si vous parlez des matines célébrées vers quatre heures du matin, le Frère Adrien était effectivement présent.

— Donc, la nuit du meurtre, le Frère Adrien a assisté aux matines de quatre heures, mais évidemment pas à la prière suivante du matin.

— Aux laudes de sept heures ? Ah, mais oui ! le Frère Adrien a aussi assisté à cet office, je m'en souviens très bien !

Dubuc corrigea le moine.

— Écoutez, c'est impossible. Le coroner a estimé l'heure du décès entre cinq heures trente et six heures trente au maximum. Donc, le Frère Adrien était *déjà mort* quand les laudes ont commencé à sept heures !

Le portier insistait :

— Mais je vous assure que le Frère Adrien a assisté aux laudes de sept heures et qu'il était dans le chœur de la chapelle. Demandez au Frère Richard si vous voulez, c'était son voisin de stalle immédiat.

Dubuc tentait de conserver son calme, mais quitta le monastère plus confus que jamais. Lucien l'attendait dans la voiture.

— Bout de chandelle, le portier jure dur comme fer que le Frère Adrien était présent aux laudes, la prière matinale de sept heures, même si le coroner a établi sa mort aux alentours de six heures. Lulu, j'en perds mon latin !

Lucien, qui analysa la situation à froid, trouva vite la solution.

— N'oubliez pas que pendant les offices religieux, les moines portent un capuchon qui dissimule en partie leur visage. Le coroner dit que le Frère Adrien était mort bien avant sept heures ce matin-là. Donc, il faut nécessairement que quelqu'un ait pris la place du Frère Adrien aux laudes de sept heures, c'est-à-dire *après* sa mort, pour ne pas attirer l'attention des autres moines qui assistaient à cette prière sur son absence.

Dubuc rageait dans son for intérieur.

— Faut absolument savoir ce qui s'est passé pendant ces 47 minutes qui manquent sur la bande-vidéo !

Au moment de retourner à la voiture, Dubuc consulta sa montre qui marquait 10 h 14. Il dit à Lucien.

— Attends-moi ici. Pendant que j'y suis, aussi bien interroger ce vieux moine aveugle, le Frère Richard, dont le portier m'a parlé. C'était le voisin de stalle du Frère Adrien à l'église.

Le policier revint vers la guérite et le Frère Cyrille sortit à sa rencontre.

— Vous me parliez tout à l'heure du Frère Richard. Vous savez où on peut le trouver ?

— Assez souvent à la bibliothèque. Puisqu'il est pratiquement aveugle, il passe une bonne partie de sa journée à lire des ouvrages religieux en braille.

Dubuc se rendit à la bibliothèque et y trouva effectivement le vieux moine penché sur un ouvrage rédigé dans ce système d'écriture tactile, qu'il lisait en déplaçant ses mains sur les caractères avec une agilité étonnante.

Le policier se présenta et s'assit près du moine qui déposa son livre.

— La police, vous dites ? Vous êtes ici à cause de la mort du Frère Adrien sûrement !

— Justement, enchaîna Dubuc. On m'a raconté que vous étiez le voisin de stalle du Frère Adrien à la chapelle.

Le Frère Richard opina d'un signe de tête. Dubuc enchaîna.

— Le portier du monastère affirme que le Frère Adrien a assisté aux matines, mais aussi aux laudes le matin du meurtre. C'est vrai, ça ?

Le Frère Richard joignit les mains comme pour mieux réfléchir. Ses cheveux blancs épars luisaient dans le reflet de la lumière des vitraux.

— Oh, sans vouloir contredire le Frère Cyrille, je peux vous affirmer que le Frère Adrien n'était pas présent aux laudes.

Dubuc se sentit soulagé et rit de bon cœur.

— Ouf ! Je me disais aussi que les morts n'assistent pas aux messes !

Le Frère Richard ajouta aussitôt.

— Par contre, quelqu'un occupait la stalle du Frère Adrien…

Dubuc commençait à s'énerver.

— Comment le savez-vous ?

— Par son odeur corporelle, Sergent. Vous savez, j'ai perdu la vue il y a plusieurs années, mais j'ai compensé depuis en développant davantage mon odorat. Certains jours, j'ai le nez d'un vrai chien de chasse ! C'est pourquoi je vous dis que mon voisin de stalle aux laudes, le matin du meurtre, n'était pas le Frère Adrien, mais quelqu'un d'autre.

— Vous en êtes absolument certain ?

— Écoutez, le Frère Adrien dégageait une odeur corporelle très particulière, très masculine même. Je dirais presque un mélange de musc et de transpiration. Mais ce n'était pas le cas de la personne à côté de moi, le matin du meurtre.

— Et ça sentait quoi ? demanda Dubuc, avec curiosité.

— La cigarette…

*　*

*

Puisque l'avant-midi du mardi s'annonçait calme, Dubuc décida de rendre visite au Frère Hubert, le contremaître de l'usine de crucifix. Le policier comptait sur ce moine à la langue bien pendue pour éclaircir quelques points difficiles de son enquête. Il le trouva en train de donner des directives à deux ouvriers de Chesterville, dans l'usine où retentissaient les bruits de scies électriques.

— Vous avez quelques minutes ? cria Dubuc.

Le Frère Hubert lui fit signe de se rendre à son bureau. Il le rejoignit peu après, enlevant ses lunettes industrielles et son casque antibruit.

— Vous devez parfois vous ennuyer de votre travail tranquille de sacristain et de maître-chantre ? demanda Dubuc en l'apercevant.

Le moine brossa la poussière industrielle sur sa soutane noire à grands coups de revers de la main.

— Ah ça, finie la tranquillité de la chapelle ! Ici, Sergent, la production industrielle est prioritaire. J'ai des quotas à atteindre pour remplir nos commandes et notre petite équipe doit y parvenir. Mais si c'est la volonté de Dieu de m'avoir amené ici, alors que sa volonté soit faite !

Dubuc était assis près du bureau du Frère Hubert et jouait nonchalamment avec un stylo entre ses doigts.

— Dites-moi, par curiosité, je me posais la question : est-il possible que quelqu'un puisse entrer au monastère sans passer par la grille principale ?

Le moine plissa les lèvres.

— Drôle de question, mais la réponse est non, c'est impossible.

— Peut-être en sautant le mur d'enceinte qui entoure le domaine du Précieux-Sang ?

— Si vous êtes un champion olympique, sinon, bonne chance ! Le mur d'enceinte fait plus de dix pieds de hauteur et il est entouré d'un fossé marécageux, Sergent. Il faudrait avoir des tendances suicidaires pour s'essayer !

— Pourtant, continua le policier, j'ai visionné la bande-vidéo du système de surveillance de la porte principale, la nuit du meurtre. La grille est restée entrouverte entre 4 h 30 et 6 h du matin, mais personne n'est entré.

Le moine regarda Dubuc en écarquillant ses yeux exorbités, comme si la réalité s'imposait d'elle-même.

— Mais alors, Sergent, c'est que personne n'est entré !

Le policier n'était pas d'accord.

— Sans vouloir vous contredire, Frère Hubert, j'ai ma petite théorie là-dessus. J'ai mes raisons de croire que le meurtrier du Frère Adrien a peut-être eu la collaboration d'un complice de l'extérieur la nuit du meurtre. Cette collaboration était-elle planifiée ou non, je l'ignore. Présumons que ce complice n'est pas entré par la grille principale, pour éviter la caméra de surveillance de nuit, et n'a pas non plus sauté le mur d'enceinte parce qu'il est trop élevé. Par quel autre moyen aurait-il pu s'introduire au monastère ?

Le Frère Hubert ricana en croisant les mains sur son ventre replet.

— Eh bien, pour être franc avec vous, Sergent, j'entends dire depuis des lustres qu'il existerait apparemment un « passage secret » au monastère du Précieux-Sang, permettant de circuler en passant sous le mur d'enceinte. Si vous voulez mon avis, tout cela fait partie de la légende et c'est aussi sérieux que lorsque le vieux Frère Richard jure avoir discerné les contours du visage de la Vierge après avoir fixé le plafond de sa chambre pendant trois heures la nuit !

Le moine rit de bon cœur.

Le téléphone sonna. Le Frère Hubert prit l'appel d'un fournisseur et la conversation passa à l'anglais. Il fit signe au policier qu'il en aurait pour un bout de temps. Dubuc quitta le bureau et fit les cent pas dans le corridor. Sur le coup de midi, les quelques employés de l'usine sortirent tous en même temps pour le lunch. Le policier en profita pour allonger le cou dans l'entrepôt désert, qu'il décida de visiter rapidement. Tout au fond, il fut impressionné d'apercevoir des dizaines de caisses de crucifix, étiquetées et prêtes à l'expédition dans des écoles de l'Ouest canadien, mais aussi du Kentucky, du Mississippi, de l'Arkansas…

Sous l'une des tables de l'entrepôt, Dubuc remarqua une caisse non encore scellée et profita de l'occasion pour jeter un coup d'œil à la marchandise. Il savait que les crucifix fabriqués au monastère du Précieux-Sang de Chesterville avaient acquis une réputation de qualité partout en Amérique du Nord.

Il plongea la main à l'intérieur de la caisse et en ressortit un crucifix qu'il brandit en l'air, à bout de bras, pour l'examiner à la lumière de la lampe industrielle au plafond. Le bois foncé de couleur noyer contrastait avec la pâleur du Christ en croix et donnait une apparence à la fois classique et saisissante à cet objet de vénération.

— Bout de chandelle, c'est du beau travail ! Étonnant qu'ils puissent fabriquer ça en série, on dirait vraiment une pièce artisanale ! se dit-il.

Le policier échappa soudain le crucifix sur le sol. Il poussa un juron et se pencha pour ramasser maladroitement l'objet brisé.

Une poudre blanche se répandit sur le plancher...

18

Dubuc téléphona immédiatement à son collègue Lucien Langlois, qui se trouvait dans le secteur, pour lui demander de le rejoindre discrètement et au plus vite dans l'entrepôt de l'usine de crucifix.

— De la cocaïne ! fit Lucien, après avoir examiné la poudre blanche.

— Pire que ça ! De la coke qui sort d'un monastère cachée dans des crucifix ! renchérit Dubuc.

Sans plus attendre, les deux policiers déplacèrent une série de caisses de crucifix empilées et prêtes pour l'expédition. Dubuc s'empara d'un couteau dans l'atelier et ouvrit plusieurs boîtes, pendant que Lucien frappait chaque crucifix sur l'établi pour les briser à tour de rôle et confirmer la présence ou non de drogue à l'intérieur. Ils durent se rendre à l'évidence : pour l'instant, seule la caisse dans laquelle Dubuc avait trouvé les premiers crucifix sous l'une des tables de l'entrepôt contenait de la cocaïne.

— On dirait bien que le commerce de la cocaïne est un marché secondaire à la vente des crucifix dans les écoles, constata Dubuc. Les moines du Précieux-Sang expédient des dizaines de caisses de crucifix ordinaires au Canada et aux États-Unis, mais préparent aussi d'autres caisses de crucifix contenant de la drogue, évidemment destinées au marché noir. Étant donné que l'intérieur des crucifix est creux, c'est facile d'y dissimuler quelques onces de cocaïne. C'est facile et même génial, si tu veux mon avis !

Attiré par le bruit, le Frère Hubert arriva sur les entrefaites pour apercevoir des dizaines de crucifix brisés au sol. À la vue de ce spectacle désolant, le moine piqua une colère épouvantable et leva vers les deux policiers un index menaçant.

— Vous allez m'expliquer ce que vous...

Pour toute réponse, Dubuc prit un crucifix et le fracassa sur la table près du Frère Hubert. Il saisit ensuite la main du moine pour y verser la poudre blanche.

— C'est à vous de nous fournir des explications, Frère Hubert. Et j'espère qu'elles seront bonnes !

Les deux policiers virent la sueur perler sur le front du moine, qui crut bon de s'asseoir sur l'une des caisses pour éviter de vaciller. Il se signa en vitesse.

— Doux Jésus ! C'est de la drogue, n'est-ce pas ? Je... je n'ai absolument aucune idée de sa provenance, Messieurs. N'oubliez pas que j'occupe ces fonctions depuis quelques mois seulement. Mon prédécesseur, le Frère Adrien, en saurait certainement plus que moi...

— Et je ne doute pas une seconde qu'il ait été assassiné pour cette raison! trancha Dubuc.

Le Frère Hubert prit dans ses mains l'un des crucifix brisés et constata que l'intérieur concave constituait en effet un endroit très ingénieux pour y dissimuler de la drogue. Les deux policiers notèrent que le moine semblait sincèrement étonné de cette découverte.

— Combien de caisses de...

— Une seule pour l'instant, répondit Dubuc.

Le Frère Hubert baissa la tête, honteux.

— Est-ce que je suis en état d'arrestation, Sergent?

Dubuc consulta Lucien à voix basse et finit par dire :

— Pour l'instant, nous allons faire immédiatement fermer l'usine et saisir toute votre production légale et illégale de crucifix par la Sûreté du Québec, afin d'évaluer l'envergure des opérations de drogue au monastère. Les moines et les employés de l'usine vont être interrogés et des accusations de trafic de drogue seront portées. Mais de mon côté, j'ai déjà une enquête policière en cours pour le meurtre du Frère Adrien et j'ai bien l'intention de la compléter. Il est fort probable que la cocaïne joue un rôle de premier plan dans cette affaire de meurtre. C'est pourquoi je vais placer un policier en permanence à la grille du monastère, pour que personne n'entre ni ne sorte d'ici au cours des prochains jours. Tous les moines sont confinés au monastère jusqu'à nouvel ordre!

* *
*

En quittant l'usine, les deux policiers se rendirent directement au bureau de l'Abbé Bernard. La porte était entrouverte et il leur fit signe d'entrer. Dubuc le mit rapidement au courant des derniers développements.

Le moine en chef se leva et porta la main à son front. Il tentait d'absorber cette terrible réalité.

— Je… pardonnez-moi, Messieurs. Quelle nouvelle! Je m'attendais à tout sauf à une telle tragédie! Le trafic de la drogue dans mon monastère, de la cocaïne cachée dans des crucifix! C'est terrible! Je connais bien mes moines, Messieurs, puisque nous vivons ensemble depuis des années, mais j'ignore absolument ce qui se cache derrière une telle opération ainsi que sa valeur commerciale réelle.

Dubuc réfléchit un instant.

— Pour votre information, une seule caisse de crucifix contenant de la cocaïne pourrait probablement s'écouler à près d'un demi-million de dollars sur le marché noir.

 Un moine trop bavard

Le supérieur était ébahi.

– Le culte de Baphomet doit certainement…

Dubuc l'interrompit.

– Justement, j'ai réfléchi là-dessus et j'ai
de plus en plus l'impression que la prétendue
existence de ce « culte de Baphomet » au monastère du Précieux-Sang n'est qu'un prétexte
pour distraire la police, pendant qu'un groupe
de moines sans scrupules s'adonne au commerce de la drogue.

Le supérieur redressa la tête, incrédule.

– Vous croyez vraiment que les moines
impliqués dans le trafic de drogue tentent
de faire croire à l'existence de ce culte secret
pour détourner l'attention de leurs opérations
illicites ?

Le visage impassible de Dubuc le convain-
quit de la justesse de son observation.

– J'ai de plus en plus la conviction que le
Frère Adrien a été assassiné parce qu'il avait
découvert le pot aux roses. Il a été tué parce
qu'il en savait trop, dit le policier.

Le supérieur s'obstinait :

– Mais ce tatouage sur le cadavre du Frère
Adrien laisse quand même supposer l'existence du culte de Baphomet dans mon monastère,
non ? Et les cierges noirs retrouvés dans une
de nos caves ? Tous ces signes ne serviraient
donc qu'à brouiller les pistes ?

Dubuc haussa les épaules. Il l'ignorait…

*   *

*

Lorsque Dubuc et Lucien revinrent au poste de la SQ en fin d'après-midi mardi, Manon Pouliot faisait le pied de grue à l'entrée du poste de police. Elle était visiblement agitée et elle les apostropha au vol pendant qu'ils se dirigeaient vers leurs bureaux. La journaliste dévisagea Dubuc avec stupeur.

— Je suis encore sous le choc, Sergent ! Une opération de trafic de cocaïne au monastère du Précieux-Sang de Chesterville ? De la drogue cachée dans des crucifix ! Ça dépasse la fiction ! J'ai vu l'escouade sortir des caisses et des caisses de l'usine tout à l'heure et l'un des responsables m'a informée de la situation. Allez-vous procéder à des arrestations de moines ? Mettre la clé dans la porte ?

Dubuc s'assit à son bureau et ouvrit une canette de Coke diète avec un bruit sec.

— L'usine est fermée et aucune arrestation n'aura lieu pour l'instant, pour me donner les coudées franches et finir l'enquête sur le meurtre du Frère Adrien. Cependant, l'entrée principale est maintenant sous surveillance policière. Tous les moines sont confinés au monastère jusqu'à nouvel ordre.

— Avez-vous des suspects dans l'opération de drogue ?

— Des interrogatoires sont en cours présentement au monastère.

     Un moine trop bavard

Manon griffonnait dans son calepin à une vitesse effarante.

– Quels liens faites-vous entre l'opération de drogue et le meurtre du Frère Adrien ?

Dubuc consulta Lucien du regard. Il voulait éviter d'en dire trop.

– Aucun.

Manon déposa son stylo et fusilla Dubuc du regard. Elle avait cette façon de le regarder qui le mettait mal à l'aise et le faisait souvent bafouiller.

– Drogue et meurtre. Aucun lien ? Allôôô, Sergent Dubuc, me prenez-vous pour une tarte ? La drogue est certainement la raison principale du meurtre du Frère Adrien et...

Dubuc leva les mains en signe de capitulation.

– Ok, ok. Je vais te raconter ce qu'on sait, Manon, mais pour l'instant, tu gardes ça confidentiel tant que c'est pas confirmé. Je te parle présentement *off the record*, on s'entend là-dessus ?

Manon bondit à nouveau.

– Sergent Dubuc, vous savez très bien qu'on ne publie pas un journal avec des informations *off the record* ! Ce que vous me dites, je l'écris ! Ou bien vous me racontez toute l'histoire, ou bien je...

Dubuc l'interrompit.

– Ou bien t'auras pas une miette d'information à mettre dans ton prochain journal, Manon ! fit Dubuc, maintenant en position d'autorité. C'est ça qui est ça ! Alors, en attendant, t'as rien à perdre à connaître les détails, il me semble !

Manon réalisa qu'elle n'avait pas le choix. Ce n'étaient sûrement pas les moines du Précieux-Sang, déjà rébarbatifs à son égard et maintenant accusés de trafic de drogue, qui allaient collaborer à ses reportages pour le prochain numéro du journal. Elle se dit qu'en écoutant ce que Dubuc avait à raconter, elle pourrait au moins en apprendre davantage sur cette sordide affaire qui prenait aujourd'hui une tournure inattendue et peut-être même glaner quelques détails juteux du même coup.

Résignée, elle reprit son calepin et son stylo.

— Bon, d'accord, allons-y. Suspect numéro un : l'employé de l'usine de crucifix, Denis Rochon. Toujours suspect ?

— Oublie Rochon, fit Dubuc.

— Pourtant, la mâchée de gomme avec son ADN dessus…

— J'ai dit d'oublier Rochon !

— Et l'autre-là, le cuisinier Gélinas qui vit dans une roulotte au monastère ?

— Oublie Gélinas aussi, même s'il a essayé d'empoisonner le Frère Adrien à petites doses par vengeance personnelle, l'espèce d'imbécile !

Manon tentait de procéder à des déductions.

— Donc, le meurtre a nécessairement été commis par un moine, par quelqu'un de *l'intérieur* du monastère?

— C'est ça le problème, vois-tu. On croit qu'au moins un moine du Précieux-Sang serait directement impliqué dans le meurtre. Mais on croit aussi qu'il aurait pu avoir de l'aide, un complice de *l'extérieur* du monastère. Quelqu'un de Chesterville peut-être, qui serait venu et qui aurait collaboré indirectement au meurtre. C'est peut-être même l'assassin. Est-ce que l'arrivée de ce complice était prévue ou pas? Mystère et boule de gomme pour l'instant.

Manon regardait le policier d'un air intrigué. Elle réfléchissait à voix haute.

— Pourquoi quelqu'un de l'extérieur du monastère aurait-il pris le risque de se faire surprendre en pleine nuit en commettant un meurtre?

Dubuc songea à la question, mais Lucien avait déjà trouvé la réponse.

— Parce que le meurtrier avait un motif puissant de tuer le Frère Adrien. La victime menaçait sûrement de dénoncer les opérations de trafic de drogue.

— Le Frère Adrien est mort parce qu'il aurait trop parlé? demanda Manon.

Dubuc approuva.

— Tout le monde le dit. C'était un moine trop bavard...

19

Mercredi matin, Dubuc revint au bureau et fit signe à Lucien de le rejoindre.

— Je reste convaincu que la mort du Frère Adrien est directement reliée à cette affaire de drogue. À mon avis, si on démantèle ce réseau clandestin qui opère à l'intérieur du monastère, on résout aussi le meurtre. Vois-tu, un monastère, c'est pas Chesterville. Précieux-Sang regroupe seulement une quinzaine de personnes. L'avantage, c'est de savoir que notre meurtrier se trouve parmi eux. L'inconvénient, c'est que ces moines forment une communauté tricotée serrée et isolée des influences extérieures. Ils se protègent entre eux comme une bande de loups.

Lucien l'avait écouté attentivement. Dubuc poursuivit son raisonnement.

— On sait que la drogue sort cachée dans des crucifix. C'est brillant. Mais comment les moines la font-ils entrer au monastère ? Qui est le passeur ? Qui est la mule ?

Lucien fixa le mur devant lui. Il n'avait pas encore vraiment réfléchi à la question.

— À première vue, je dirais que c'est le moine qui fait les achats en ville, le Frère Dominique. Lui seul est autorisé à circuler à toute heure du jour et de la nuit, on l'a vu sur la bande-vidéo.

Dubuc n'était pas d'accord.

— Naaa. C'est pas lui, ou en tout cas, c'est pas lui *personnellement*. Le Frère Dominique se promène sur un vieux vélo de montagne tout rouillé et se tape cinq kilomètres plusieurs fois par jour pour aller et revenir faire ses emplettes, sans compter qu'il doit grimper la Côte à Gamache ! Difficile de croire qu'il puisse transporter avec lui des kilos de cocaïne pour les cacher dans des crucifix au monastère !

Lucien écarquilla soudain les yeux.

— Et s'il la faisait livrer au monastère, sa cocaïne !

Un sourire éclaira le visage de Dubuc.

— Là, tu commences à parler à mon goût, Lulu ! Le Frère Dominique est chargé des achats de la communauté à Chesterville, mais il est évident qu'il ne peut pas transporter toute cette marchandise. La buandière Nadia Vigneault m'a expliqué que des fournisseurs locaux livrent régulièrement au monastère de la nourriture, du bois, de la papeterie, des meubles... à peu près tout ce qui peut te passer par la tête, Lulu. Les quelques fois où je l'ai aperçu sur sa bicyclette, ce moine voyageait d'ailleurs assez léger. J'ai l'impression qu'il va passer des commandes chez les divers fournisseurs de Chesterville, pour livraison au monastère.

Lucien Langlois poursuivit :

— Mais comment réussit-il à convaincre ses fournisseurs de lui livrer de la drogue au monastère ? Le Frère Dominique ne va quand même pas cacher la cocaïne la nuit dans le camion à l'insu de ses fournisseurs !

Dubuc avait croisé les bras derrière la nuque et allongé les jambes sous son bureau.

— Je ne crois pas qu'il tente de convaincre ses fournisseurs de lui livrer de la drogue. À mon avis, il doit faire affaire avec un seul fournisseur, qui sait très bien qu'il transporte de la coke.

— Mais comment trouver lequel ? demanda Lucien.

— Ça ne devrait pas être trop difficile.

Dubuc se leva, ouvrit son classeur et en sortit une feuille.

— Tiens, voici la liste officielle de tous les fournisseurs réguliers au monastère du Précieux-Sang de Chesterville. Elle m'a été faxée ce matin par l'Abbé Bernard, encore secoué que la police ait découvert une opération de trafic de drogue dans son monastère et mis la clé dans la porte de l'usine !

Dubuc parcourut la liste à voix haute.

— On retrouve sur cette liste une dizaine de fournisseurs réguliers qui font des livraisons quelques fois par mois en moyenne : la quincaillerie Blondeau et Fils, l'épicerie IGA au centre-ville, la boulangerie Au Pain délice, le garage Talbot, la plomberie Dionne, le docteur Cossette, le vétérinaire Fournier et le dernier nom sur la liste… l'électricien Fernand Sirois.

Dubuc interrompit sa lecture pour mieux préparer son effet.

— Savais-tu que Sirois a fait deux ans de prison pour possession de cocaïne dans les années 90 ?

Lucien se leva d'une traite.

— Il est en contact régulier avec le monastère ?

— D'après mes informations, Sirois aurait répondu à quatre appels provenant du monastère le mois dernier. Quatre…

— Raison de plus pour surveiller ce moineau-là !

Lucien prit un appel sur son cellulaire et sortit du bureau.

Dès qu'il fut seul, Dubuc déchira le document, mais le dernier nom « vraiment » inscrit sur la liste resta gravé dans sa mémoire : la librairie Au plaisir de relire…

*   *

*

Florence Moreau venait à peine d'ouvrir la boutique Confections Au masculin le jeudi matin que Dubuc se pointa derrière elle, deux cafés à la main, comme il le faisait régulièrement. Mais si Florence avait scruté davantage le sourire du policier ce matin-là, elle aurait constaté qu'il n'apportait pas de bonnes nouvelles...

Elle l'accueillit affectueusement et l'invita dans l'arrière-boutique.

— Mon assistante n'arrive que dans une demi-heure, alors on a le temps de jaser, Roméo. J'aime ça quand tu me fais tes petites visites matinales, ça démarre bien ma journée ! Veux-tu un muffin aux bleuets ?

Florence lui prit la main et ils s'assirent autour d'une petite table ronde coincée entre une série de cintres à roulettes et plusieurs caisses de vêtements empilées ; elle lui parla avec enthousiasme des arrivages de marchandise d'Italie qu'elle attendait le jour même.

— S'ils sont beaux mes vestons de Milan, je vais te faire un cadeau, chanceux !

Florence était heureuse, Dubuc le voyait bien. Il constatait aussi que leur relation amoureuse la rendait plus volubile, plus féminine. C'était une femme d'affaires dépareillée, élégante, un fin gourmet, cultivée, bref, un beau parti. De son côté, Dubuc savait très bien qu'il n'était plus dans sa prime jeunesse, qu'il souffrait d'embonpoint, de troubles cardiaques, d'un tempérament soupe au lait, mais surtout, d'un malaise de vivre que la psychologie moderne avait rebaptisé « épuisement professionnel », « dépression » et « névrose ». Seule Florence réussissait à lui faire oublier un peu le poids énorme qui pesait sur ses épaules. Elle seule parvenait à transpercer d'un rayon de soleil les gros nuages gris qui alourdissaient quotidiennement son existence.

Malgré tout, le policier savait aussi très bien qu'il devait maintenant aborder l'enquête avec Florence, mais comme il redoutait ce moment, il tenta de louvoyer.

— Dis-moi, vois-tu souvent Jean-Thomas à la maison ces jours-ci ?

— Oui et non. Mon grand a toujours des projets en l'air, tu le sais bien ! répondit-elle d'un ton enjoué.

— Et son travail à la librairie lui plaît ?

— En autant que je sache, oui.

— Il s'entend bien avec le propriétaire, M. Simoneau ?

Florence déposa soudain sa tasse de café. Quelque chose l'agaçait. Elle sentait nettement que Dubuc, le détective, prenait la place de Dubuc, son amoureux...

— Roméo, c'est quoi toutes ces questions ? On dirait que tu mènes un interrogatoire.

Il s'excusa.

— Ce... ce n'était pas mon intention, Flo. C'est juste une formalité d'enquête. La librairie Au plaisir de relire est sur la liste de la dizaine de fournisseurs réguliers du monastère du Précieux-Sang. Je dois interroger tout le monde, y compris Jean-Thomas, car c'est lui qui fait les livraisons au monastère.

Florence prit soudain un ton offusqué.

— Et tu crois que mon Jean-Thomas aurait quelque chose à voir dans le meurtre du Frère Adrien, c'est ça ?

Dubuc crut d'abord que Florence allait s'évanouir. Elle figea comme une statue de cire un long moment sur sa chaise, puis retira brusquement sa main posée sur celle de Dubuc, renversant son gobelet de café au passage. Le policier voyait bien qu'elle tentait d'articuler des sons, de former des mots, mais elle restait aphone. Florence se leva subitement et éclata de stupéfaction.

— Roméo ! Comment peux-tu accuser mon Jean-Thomas d'une chose pareille !

Elle était à un mètre de lui et serrait les poings de rage. Les traits de son visage étaient déformés par la colère. Ses yeux étaient pleins d'eau. Dubuc aurait voulu être six pieds sous terre. Il tenta de baragouiner :

— Flo, écoute-moi bien. Je dois interroger tous les fournisseurs, y compris ton fils, car c'est lui qui fait les livraisons au monastère. Il faut absolument que tu collabores, si on veut blanchir le nom de Jean-Thomas sur la liste. À ce stade-ci de l'enquête, on croit qu'un complice de l'extérieur du monastère serait impliqué dans le meurtre.

Florence s'essuya les yeux pour l'écouter, mais elle avait la rage au cœur.

— Évidemment, tu as pensé à mon Jean-Thomas !

— Florence, je te répète que c'est juste une formalité d'enquête banale. Rien de…

Elle lui tourna brusquement le dos, sortit de l'arrière-boutique et revint quelques instants plus tard. Dubuc constata que Florence Moreau, la femme d'affaires, s'était vite reprise en main. Elle parlait maintenant d'une voix détachée, sans émotion, comme si le ressort amoureux en elle s'était brisé.

— Florence, je te crois sur paro…

Elle poursuivit sur un ton neutre et très en contrôle d'elle-même.

— Roméo, Jean-Thomas est mon fils unique. C'est tout ce que j'ai et tu le sais. Pendant quelques années, il était tout le temps en voyage en Europe. Mais à son retour il y a six mois, il a pris ce travail de livreur pour M. Simoneau, à la librairie Au plaisir de relire. De mon côté, je ne me plains pas, parce qu'il vit avec moi et je le vois tous les jours. Mais je ne suis pas dupe. La seule raison pour laquelle Jean-Thomas travaille, c'est pour amasser de l'argent. Malgré tout, mon fils a des principes, Roméo. J'ai travaillé fort pour lui inculquer la valeur de l'argent et celle du travail. Alors, avant de le soupçonner, tu as intérêt à savoir ce que tu fais…

Dubuc sentait que leur rencontre tirait à sa fin. Peu importe le résultat, il n'avait plus de temps à perdre.

En voyant Dubuc prendre des notes, Florence réagit à nouveau avec émotion et le ton de la conversation grimpa d'un cran :

— Tu considères mon Jean-Thomas suspect dans cette affaire de meurtre, c'est ça ?

Le policier s'empressa de remettre son calepin dans sa poche.

Florence Moreau s'assit à nouveau à la petite table à café dans l'entrepôt encombré, mais le cœur n'y était plus. Le policier vit son regard glacial.

— Je crois que tu ferais mieux de partir, Roméo…

Il s'exécuta la mine basse. Avant de sortir, il se retourna brièvement et tenta de prendre un air nonchalant.

— Par curiosité, Florence, est-ce que Jean-Thomas a cessé de fumer ?

Elle trouva la question déplacée, mais se contenta de répondre.

— Il a recommencé il y a trois mois. Pourquoi ?

— Pour rien.

À propos de l'auteur

Claude Forand a écrit son premier roman d'aventures à l'âge de 15 ans pour un cours de français au secondaire. *Sur la piste des diamants* n'a jamais été publié, mais lui a donné le goût de poursuivre un jour dans cette voie. Après des études en sciences politiques et en journalisme, il s'est dit que la pratique du journalisme lui permettrait de gagner sa vie et de s'adonner à ce qu'il aimait le plus, l'écriture.

Claude a d'abord travaillé pendant cinq ans pour des journaux hebdomadaires, où il a appris à découvrir les dessous fascinants de la vie dans les petites villes grâce à son arme secrète : une grande curiosité pour tout ce qui l'entoure. Ce qu'il a retenu de ses premières années de pratique journalistique se résume en quelques mots : une langue régionale très colorée, des personnages souvent intrigants, des situations parfois louches... C'est dans ce matériel inépuisable qu'il revient constamment chercher son inspiration.

Quand il s'est installé à Toronto, le travail de journalisme à la pige l'a occupé pendant une vingtaine d'années, notamment pour des magazines scientifiques, d'affaires et d'économie. Claude a aussi été journaliste à la radio de Radio-Canada (Toronto) pendant sept ans. Au début des années 2000, il s'est réorienté vers la traduction, qui l'occupe maintenant à temps plein.

En 1998, Claude a publié son premier recueil de nouvelles *Le perroquet qui fumait la pipe – et autres nouvelles insolites*. L'année suivante paraissait un premier roman, *Le cri du chat*, un polar noir inspiré en partie d'un reportage qu'il avait fait sur le satanisme, et qui mettait en scène pour la première fois le sergent-détective Roméo Dubuc.

En 2006, Claude redonnait la vedette à son détective dans un deuxième polar, *Ainsi parle le Saigneur*, dans lequel un fanatique religieux commet des meurtres en série. Après avoir publié en 2009 un autre recueil de nouvelles,

On fait quoi avec le cadavre?, Claude réunit à nouveau le sergent Roméo Dubuc et son fidèle comparse, Lucien Langlois, dans *Un moine trop bavard*, une troisième aventure policière sur fond religieux.

On fait quoi avec le cadavre ?

Nouvelles de
Claude Forand

Que feriez-vous si, en ouvrant le coffre d'une voiture, vous y découvriez un... cadavre ?

Que feriez-vous si vous appreniez que les hommes tatoués qui rénovent la maison de vos parents sont... d'anciens criminels ?

Que feriez-vous si on vous donnait l'occasion d'assister à vos propres... funérailles ?

Certains n'hésitent pas à franchir un seuil au-delà duquel la vie, ou parfois la mort, prend une tournure imprévue... Les personnages de ce recueil, le tueur professionnel, le voleur inexpérimenté, le justicier, le détraqué ou le fauché, ne connaissent pas cette limite et plongent tête première dans ce genre de situations toutes plus cocasses les unes que les autres.

Après son grand succès, *Ainsi parle le Saigneur* (Prix des lecteurs 15-18 ans Radio-Canada et Centre FORA 2008), Claude Forand propose ici treize nouvelles qui plairont aux amateurs d'histoires drôles et insolites.

ISBN 978-2-89597-110-8 — 168 p. — 14,95 $

Étienne Brûlé
Le fils de Champlain

TOME 1

Roman historique de
Jean-Claude Larocque et
Denis Sauvé

En 1608, Étienne Brûlé, âgé d'à peine 15 ans, embarque à Honfleur, en France, sur un navire, le *Don de Dieu*, avec à son bord nul autre que Samuel de Champlain. Destination : la Nouvelle-France. Très tôt, il deviendra le « fils spirituel » du célèbre explorateur. Étienne livrera bataille à ses côtés et l'impressionnera au point où Champlain lui confiera la délicate mission de rester tout un hiver auprès des Montagnais. Le jeune aventurier se liera d'amitié avec eux, apprendra leur langue, rencontrera la belle Shaîna, sera témoin de tortures et combattra les « Yroquois ».

En ce 400e anniversaire de la présence française en Ontario, Jean-Claude Larocque et Denis Sauvé présentent ici le premier d'une série de trois récits captivants sur les péripéties et les exploits d'Étienne Brûlé, ce véritable héros canadien-français, surnommé à juste titre le « Champlain de l'Ontario ».

ISBN 978-2-89597-119-1 — 136 p. — 14,95 $

Étienne Brûlé
Le fils des Hurons

TOME 2

Roman historique de
Jean-Claude Larocque et
Denis Sauvé

Dans le deuxième tome, on voit Étienne fouler et découvrir le sol de nombreux territoires ontariens, de la rivière des Outaouais jusqu'aux Grands Lacs canadiens (Ontario, Supérieur et Érié). Au cours de ses pérégrinations à travers le pays de la Huronie, cet authentique coureur des bois ne cessera d'exercer ses talents d'interprète auprès des Premières Nations.

Tout au long de sa vie, Étienne Brûlé aura été confronté à des défis rocambolesques. Le troisième tome abordera notamment les conflits entre notre aventurier et la mère-patrie tout en révélant la fin tragique que le destin lui a réservée.

ISBN 978-2-89597-130-6 — 14,95 $

La première guerre de Toronto

Roman historique de
Daniel Marchildon

Toronto, septembre 1916. Napoléon Bouvier, un jeune boxeur franco-ontarien, quitte le ring pour joindre les rangs de l'armée britannique en Europe. Il reviendra du front tourmenté par des blessures physiques et psychologiques, incertain de son avenir dans sa ville natale où règne un climat francophobe. Mais voilà que le soldat, qui croyait avoir échappé aux horreurs de la guerre, doit affronter un nouvel ennemi impitoyable et invisible : la grippe espagnole. En octobre 1918, la moitié de la population torontoise est touchée par le fléau et 50 000 personnes au pays en meurent. Napoléon a deux précieuses alliées : sa fiancée, Corine, qui aspire à devenir enseignante, et Julie, une infirmière militaire dévouée et pleine de compassion. Mais l'ennemi est de taille et cruel. Le soldat Bouvier pourra-t-il gagner cette première véritable guerre de Toronto et, si oui, à quel prix ?

ISBN 978-2-89597-119-1 — 136 p. — 14,95 $

iPod et minijupe au 18e siècle

Roman de
Louise Royer

Un soir, Sophie revient de ses cours à l'Université, quand elle est soudainement éblouie par une lumière intense. Prise de vertige, et sans trop savoir pourquoi ni comment, elle se retrouve en plein cœur de Paris... en l'an 1767 ! Ne pouvant retourner chez elle, elle est recueillie par Nicolas et Élyse, qui l'aideront à s'intégrer à la vie du 18e siècle, dans un milieu dont elle ignore tout des convenances et des règles.

Au cours d'un bal, François, un arrogant et séduisant aristocrate, éprouve une curiosité et une fascination pour cette jeune fille au comportement et aux manières si peu convenus. Si Sophie s'amuse, au début, des efforts du beau comte pour percer son secret, de tragiques incidents lui font craindre les répercussions qu'entraînerait la révélation de sa véritable identité...

Dans cette aventure pleine de rebondissements, revisitant avec humour l'époque des romans de cape et d'épée, Louise Royer allie ses deux passions, l'histoire et la science, pour le plus grand plaisir des lectrices et des lecteurs.

ISBN 978-2-89597-168-9 — 240 p. — 14,95 $

Couverture : photographies de VojtechVlk et
Sarah Holmlund (Shutterstock Images)
Photographie de l'auteur : Horvath Photography
Maquette et mise en pages : Anne-Marie Berthiaume
Révision : Frèdelin Leroux